ASSOCIATION AMICALE

des

Anciens Élèves du Lycée d'Orléans

NOTICE HISTORIQUE

publiée à l'occasion du

CINQUANTIÈME ANNIVERSAIRE

de sa fondation

1863-1913

ORLÉANS

IMPRIMERIE AUGUSTE GOUT ET Cie

RUE DU BOURDON-BLANC, 37-39

—

1913

Ancien Lycée. — La grande Cour. — L'ancienne Chapelle (prieuré de Saint-Samson).

ASSOCIATION AMICALE

des

Anciens Élèves du Lycée d'Orléans

————— ·•· —————

NOTICE HISTORIQUE

publiée à l'occasion du

CINQUANTIÈME ANNIVERSAIRE

de sa fondation

1863-1913

ORLÉANS

Imprimerie Auguste GOUT et Cie

RUE DU BOURDON-BLANC, 37-39

—

1913

Mes chers Camarades,

Le Comité d'Administration de notre Association, dans sa séance du 23 juillet 1912, a chargé l'un des secrétaires de préparer, pour le cinquantième anniversaire de notre fondation, une Notice résumant notre vie et notre action pendant ce demi-siècle, 1863-1913.

Le rédacteur n'a pas eu la prétention d'écrire une œuvre littéraire, mais seulement de condenser en quelques pages le principal de ce que vous retrouverez épars dans les Bulletins, ou ce qui ne peut se rencontrer que dans les archives de l'Association : c'est un résumé documentaire. Et comme tout résumé, il est forcément incomplet. Nous souhaitons qu'en compensation, on y trouve la précision.

Ce faisant, le Secrétaire estimera avoir rempli sa modeste tâche, et souhaite que chacun des membres de l'Association remplisse la sienne en le répandant et en provoquant de nombreuses adhésions à notre utile et sérieux groupement.

E. B.

Mai 1913.

ASSOCIATION AMICALE
des Anciens Elèves du Lycée d'Orléans

NOTICE HISTORIQUE

I

LA FONDATION

Hippolyte **Tranchau**, dans son Histoire du Collège et du Lycée d'Orléans, a consacré un chapitre spécial à l'Association. Mieux que tout autre, puisqu'il fut membre du premier Comité d'administration, puisqu'il était alors proviseur du Lycée, il a pu rappeler en quelques mots les circonstances de la fondation de l'Association, en 1863. « Un groupe d'anciens élèves, dit-il, habitant Paris, recueillit les premières adhésions et lança, en mars 1863, un premier appel aux camarades. » Et, en effet, un exemplaire de cet appel existe encore dans nos archives. L'idée était née ; une circonstance fortuite activa son développement.

Chacun sait, tout au moins chaque Orléanais sait, que la vieille « foire du mail » est annuellement un des événements importants de notre vie locale. Or, il se trouva qu'en 1863, quelques camarades flânant ensemble aux parades, aujourd'hui quasiment disparues, des établissements forains, des baraques, comme on les appelait. aperçurent un pitre à la toilette éclatante, à la mine fatiguée, au boniment distingué, un pitre paraissant au-dessus de sa situation et, l'ayant examiné de près, reconnurent sous la perruque et le fard un de leurs anciens condisciples qui avait été établi 15 à 20 ans auparavant pharmacien à Orléans, vers 1845. Ils le retrouvaient faisant le boniment pour attirer les badauds à « l'Enfer » !

Leur cœur se serra à cette vue ; l'appel des camarades de Paris se présenta à leur esprit comme répondant à une nécessité d'assistance sociale : séance tenante, une collecte fut décidée ; chacun quémanda une obole à ses anciens condisciples ; puis on se réunit et l'on trouva... d'autres misères à soulager.

Comment mieux se préparer au bien et se donner des forces qu'en s'asseyant autour d'une table ? Et l'on dîna chez Hubert, le fin traiteur, à l'hôtel de la Croix-de-Malte, rien qu'entre Orléanais. Ce fut le premier banquet. Y prononça-t-on des discours ? La tradition ne nous le rapporte pas ; elle nous apprend seulement qu'après avoir rappelé de vieux souvenirs, on créa une tontine, non pas au sens étroit et juridique du mot, mais au sens dans lequel on l'employait alors pour désigner les versements effectués par plusieurs dans une caisse pour le rachat du service militaire ; en un mot, on constitua un fonds de réserve dont les premiers éléments furent les versements des convives.

Les Parisiens avaient eu l'idée, avec un appel imprimé, un projet de règlement etc... les Orléanais réalisaient la chose, en soulageant sans formalité, les premières misères rencontrées parmi leurs anciens condisciples ; l'Association remplissait son premier but : venir en aide aux camarades malheureux. Donc elle était fondée.

Cependant, les signataires parisiens du premier appel continuaient leur propagande, surtout par correspondance et s'attachaient à recueillir des adhésions formelles, tandis que **Loiseleur,** bibliothécaire à Orléans, centralisait la vie de l'Association dans son cabinet et, aidé du docteur **d'Oller,** de J. **Dubec** et de **Delpech**, avocats, faisait les recrues dans l'Orléanais.

Aussi, dès l'année suivante, 1861, le nombre des adhérents était-il de 162 ; parmi eux, 55, soit le tiers (proportion qui n'a jamais été atteinte depuis), tous de Paris ou des environs de Paris, se réunissaient le samedi 30 avril, en un banquet servi dans un salon de l'hôtel du Louvre, à Paris ; il est à remarquer qu'aucun Orléanais n'y assistait.

Cependant, la correspondance entre les deux groupes était établie, ainsi que le prouve, en dehors de la liste des sociétaires, le nom des membres du premier Comité d'administration élus par les seuls présents au banquet et qu'il nous semble intéressant de rapporter :

Président d'honneur

M. BOINVILLIERS, président de section au Conseil d'Etat.

Président

M. JAHAN, maître des requêtes au Conseil d'Etat.

Vice-président

M. GREFFIER, directeur des affaires civiles au ministère de la Justice.

Commissaires

MM. TRANCHAU, proviseur du Lycée d'Orléans ;
LOISELEUR, bibliothécaire de la ville d'Orléans ;
LEFLOCQ, professeur au lycée d'Orléans ;
DUBEC, avocat à Orléans ;
SALMON, avocat à Paris ;
JOUSSELIN, ingénieur civil à Paris ;
HOMASSEL, chef du secrétariat des affaires commerciales (chemin de fer de Lyon).

Secrétaire-trésorier

M. DUBREUIL, chef du bureau central de l'exploitation (chemin de fer d'Orléans).

Cette première élection présente cette particularité qu'il y fut procédé sans qu'aucun règlement ait été adopté, sans qu'aucun statut ait été voté, sans qu'on se soit même préoccupé en aucune façon de se procurer une existence légale et cependant, nous voyons à la tête de l'Association, une pléiade de juristes.

On se borna en fin de banquet à préciser les trois buts de la fondation : venir en aide aux camarades malheureux, décerner une médaille d'or au prix d'honneur de rhétorique du Lycée d'Orléans et créer une bourse ou une demi-bourse au même Lycée ; enfin, la cotisation était fixée à 10 francs et le banquet annuel décidé.

Peu après paraissait, en in-8°, le premier *Bulletin*, portant imprimé, sur papier jaune, le frontispice suivant :

ASSOCIATION AMICALE
DES ANCIENS ÉLÈVES DU COLLÈGE ET DU LYCÉE D'ORLÉANS

PREMIER BANQUET

Orléans, Imprimerie d'EMILE PUGET et Cie
Rue Vieille-Poterie, 9
1861

Il comprenait : la relation du banquet, le nom des membres du Comité chargé d'administrer l'Association, la liste des 162 adhérents et une pièce de 220 vers composés pour la circonstance par le doyen d'âge, le poète **Lesguillon**.

Tranchau nous apprend, dans son histoire, que les premiers statuts furent discutés dans le cabinet du bibliothécaire d'Orléans, **Loiseleur**, d'après l'ébauche fournie par les Parisiens, sur le modèle de l'Association des anciens élèves du lycée Louis-le-Grand. Ce fut sans doute le travail de l'année 1864 ; nous disons, sans doute, car nous n'avons, jusqu'en 1880, aucun registre de procès-verbaux ; les seuls documents que nous possédions sur la période 1863-1880, sont les *Bulle-*

tins annuels et quelques notes sur la préparation des questions les plus importantes traitées, à la suite du banquet, par les convives qui se constituaient en assemblée générale.

En 1865, le banquet eut lieu encore à Paris, le 3 avril ; il réunissait 73 membres de l'Association et 6 invités, anciens proviseurs ou anciens censeurs du Lycée ; le nombre des adhérents était monté à 257. Après deux discours, de **Boinvilliers** et de **Greffier**, et la lecture de deux pièces de vers, de **Lesguillon** et d'Edouard **Fournier**, les convives, au nombre desquels ne se trouvait qu'un Orléanais, le proviseur du Lycée, **Tranchau**, adoptaient, sous le nom de « RÈGLEMENT », les premiers statuts, rédigés en 19 articles. Ils figurent dans le *Bulletin* de 1865, à la suite de la liste des membres.

Ce *Bulletin* contient aussi le premier compte rendu financier présenté par **Dubreuil,** secrétaire-trésorier. La couverture porte alors le titre de :

*Association amicale des anciens élèves
du Lycée d'Orléans.*

Le mot *Collège* est supprimé, et à juste raison, car le Collège s'était éteint en 1795 pour être remplacé en 1797 par une *École centrale*, et enfin prendre en 1803 le nom de *Lycée*.

L'Association était dès lors constituée : non seulement elle avait un nombre respectable d'adhérents et des statuts dûment votés, mais elle possédait en outre un élément de vitalité capital dans la personne de l'un de ses administrateurs : **Tranchau**, proviseur du Lycée, ancien élève de 1831 à 1836, ancien professeur de 1848 à 1856, ancien censeur de 1856 à 1860, qui resta proviseur de 1864 à 1872, puis inspecteur d'académie à Orléans jusqu'à sa retraite en 1879. Et sa retraite, il la consacra tout entière à l'Association et à l'édification de son histoire du Collège et du Lycée d'Orléans que l'Académie Française honora d'un prix Montyon.

Qu'importait ensuite de n'être pas en règle avec la loi? On ne paraissait redouter ni la dissolution, ni la rigoureuse application de l'article 291 du Code pénal interdisant alors la constitution, sans l'agrément du Gouvernement, de toute association de plus de 20 personnes; tout au moins est-il permis de le supposer, car nous ne trouvons ni dans les *Bulletins*, ni dans les archives aucune trace d'autorisation accordée, voire même sollicitée.

A cette réunion de camarades placée sous l'égide de membres éminents du Conseil d'Etat, sous la direction du proviseur nommé par le Gouvernement, il ne messéait pas de transgresser les règles, de même que beaucoup de ses membres avaient sans doute autrefois donné quelque entorse aux règlements d'études.

Et cela, c'est du Guêpin du plus fin terroir.

Maintenant que nous avons rapporté, d'après les documents et d'après la tradition, les circonstances particulières de la naissance de notre Association, voyons comment elle a vécu pendant ce premier demi-siècle 1863-1913, comment elle a rempli les différents buts qu'elle s'était assignés dès l'origine.

II

LE BULLETIN

Le *Bulletin* annuel est, en principe, publié aussitôt après le banquet; ce fut l'usage à l'origine en 1864 et 1865, et cet usage fut repris sans interruption depuis 1879; mais, de 1865 à 1878, il ne parut que dans les premiers mois de l'année suivante, alors que le banquet avait lieu en mai ou juin, et la liste des sociétaires était arrêtée au premier janvier suivant. Ce rétablissement est dû à **Tranchau** qui prenait alors, avec sa retraite, le poste de secrétaire général, qu'il conserva jusqu'à sa mort (3 mars 1896), c'est-à-dire pendant 17 ans.

C'est dans le *Bulletin* que nous trouvons, résumée, toute la vie de l'Association. Aussi ne donnerons-nous dans ce paragraphe que des détails sur sa disposition matérielle et sur son contenu.

Le *Bulletin* est actuellement divisé en 5 parties :

1° Compte rendu de l'assemblée générale;

2° Compte rendu du banquet;

3° Documents, statistique, bibliothèque, liste nécrologique;

4° Liste des sociétaires;

5° Statuts.

Son impression fut confiée en 1864 à Emile Puget d'Orléans, en 1865 et années suivantes à l'imprimerie administrative de Paul Dupont, de Paris, pour revenir, aussitôt après la guerre franco-allemande, à l'imprimerie Puget et rester à ses successeurs Georges Michau et Cie (1884), Gout et Cie (1903).

Le compte rendu de l'assemblée générale qui figure maintenant en tête du *Bulletin* fut, jusqu'en 1893, publié à la suite de celui du banquet, d'abord jusqu'en 1887, parce qu'elle ne se tenait qu'après le dîner, puis, de 1888 à 1893, en vertu de l'habitude prise.

L'importance typographique du *Bulletin* a beaucoup varié, suivant généralement une marche ascendante : en 1864, il ne comportait que 16 pages; en 1869 il monte à 32; en 1878 à 63; en 1884 à 86; depuis 1888 il dépasse 100 pages pour atteindre 125 pages en 1894. Aussi dut-on et se propose-t-on encore de le soulager en ne reproduisant plus chaque année la totalité des documents antérieurement publiés, ou en ayant recours à d'autres dispositions typographiques.

Les documents auxquels nous faisons allusion sont :

1° La liste des ouvrages reçus chaque année pour la bibliothèque, hommage de nos camarades; nous en publions le catalogue complet en fin de brochure ;

2° Les noms des élèves ayant obtenu des médailles d'or de l'Association (1re liste publiée au *Bulletin* de 1879), des bourses de séjour à l'étranger, le prix FOUGERON;

3° La liste des donateurs (1re liste publiée au *Bulletin* de 1876);

4° La liste des sociétaires perpétuels (1re liste publiée en 1876);

5° Les noms des présidents des banquets (1re liste publiée en 1880);

6° Les noms des sociétaires ayant fait partie du Comité (1re liste publiée en 1880);

7° La liste des proviseurs du Lycée (publiée depuis 1909);

8° Les prix des pensions et frais d'études au Lycée (depuis 1904);

9° La liste nécrologique : la première fut publiée en 1868 et augmentée chaque année des nouveaux décès survenus parmi nos adhérents jusqu'en 1899, époque à laquelle fut publiée une liste alphabétique complète; à partir de 1899, la liste ne comprit plus les noms précédents; une nouvelle liste alphabétique complète fut publiée en 1909 qui ne fut plus reproduite.

Nous publions, en fin de brochure, une nouvelle liste complète; elle ne figurera plus à l'avenir régulièrement dans le *Bulletin* pour les décès antérieurs à 1913.

Même mesure sera prise à l'égard des autres documents soit par réduction de la publication, soit par emploi des procédés typographiques restreignant leurs dimensions.

En 1905, 1906 et 1907, nous avons pu, grâce à l'obligeance de M. le proviseur, illustrer nos *Bulletins* à l'aide de quelques clichés représentant des vues du Lycée exécutées d'après des photographies prises par les professeurs pour l'illustration du prospectus officiel.

En dehors des documents ci-dessus visés, il contenait quelques essais de classification des membres.

Soit d'après leur profession :

Ainsi, on trouvait en 1868 :	Et nous trouvons en 1913 :
12 Hauts fonctionnaires.	10
18 Magistrats, avocats	27
19 Officiers de terre ou de mer, soldats ou marins	55
45 Officiers publics.	31
22 Médecins, pharmaciens, vétérinaires.	41
61 Autres fonctionnaires	66
70 Agriculteurs, commerçants, industriels	104
38 Propriétaires ou rentiers.	61
2 Architectes.	3
11 Hommes de lettres, artistes	8
12 Professeurs.	14
20 Etudiants.	38

Soit d'après leur résidence.

Ainsi en 1890, il y avait :	En 1913 :
210 Sociétaires, habitant Orléans (33 %).	133 (29 %)
175 Sociétaires, habitant Paris (27 %)	132 (29 %)
278 Sociétaires, dans diverses localités (40 %).	205 (42 %)
663	470

Il y eut même en 1884 un essai de classement basé sur l'époque du séjour au Lycée.

Enfin, à partir de 1899, il est publié en tête du *Bulletin* un tableau récapitulatif des sommes employées depuis l'origine :

1° En secours à des camarades ;

2° En pensions ;

3° En encouragements aux études. (Médailles, prix, bourses de séjour à l'étranger).

III

LES STATUTS

Nous publions en annexe le premier projet de «règlement» ou de statuts élaboré à Paris en 1863, sur le modèle de ceux de l'Association amicale des anciens élèves du Lycée Louis-le-Grand.

Les statuts adoptés en 1865 et reproduits également en annexe, donnent comme but à l'Association « fondée sur l'amitié mutuelle de ses membres, de perpétuer entre eux les souvenirs de jeunesse, d'établir un centre commun de relations amicales et de venir en aide à ceux de leurs camarades qui, placés dans des circonstances honorables, pourraient avoir besoin de secours ».

Un Comité de 12 membres pourvoyait à l'administration.

Ainsi les deux buts sont bien nets : se revoir et secourir les camarades malheureux.

Le premier est un but moral qu'il appartient à chacun de remplir selon son gré ; la sympathie ne se commande pas.

Le second but, au contraire, dépend presque exclusivement du Comité : il doit accueillir et même rechercher les camarades honorables et malheureux, et ceux-ci sont — hélas ! — toujours trop nombreux. Pour faire face aux dépenses, il n'a à l'origine que le produit des cotisations, et encore ne peut-il en disposer totalement dans ce but, car l'article 15 des statuts prévoit, obligatoirement, en dehors des secours aux camarades, à leurs veuves et à leurs enfants, les frais d'une médaille à attribuer au prix d'honneur de rhétorique et facultativement l'établissement temporaire de bourses, de prix annuels et d'encouragement au profit exclusif d'élèves du Lycée d'Orléans.

De telle sorte que nous pouvons résumer ainsi le but financier prévu à l'origine :

1° Obligatoirement d'abord : l'assistance aux malheureux ;

2° Obligatoirement encore : la remise d'une médaille annuelle ;

3° Facultativement : le paiement de frais d'études, pourvu qu'elles soient faites au Lycée d'Orléans, mais il n'est point besoin de considérer l'origine des enfants, s'ils sont fils d'anciens élèves ou non ;

4° Facultativement encore : fournir des prix et encourager les études, mais toujours au profit *exclusif* du Lycée d'Orléans.

L'article 8 prévoit un banquet annuel, soit à Paris, soit à Orléans, qui réunit ses convives en assemblée générale.

Il y a donc confusion des deux institutions, et la raison en est simple : les fondateurs n'ont pas compris que des camarades désireux et en situation de secourir leurs anciens condisciples aient pu hésiter à prendre part au banquet s'ils voulaient contribuer effectivement à l'administration de leur Société amicale. Aussi, le Comité (article 4) est-il nommé à la simple majorité des voix ; les membres se renouvellent par roulement en trois ans ; aucun membre, s'il n'est du bureau, ne peut être réélu qu'après un an d'interruption.

Puis, c'est le Comité qui nomme le bureau composé d'un président, un vice-président et un secrétaire-trésorier.

Rien de compliqué dans cette organisation, et, cependant, tellement était forte la camaraderie des premiers jours, que nous ne voyons pas que nos prédécesseurs aient pris grand soin de se conformer pendant les premières années aux statuts qu'ils avaient votés et nous ne trouvons trace d'aucune protestation.

Ainsi, le nombre des membres du Comité est supérieur à 12 à partir de 1873. Et, en annulant l'année 1871 où il n'y eut pas d'élections, nous trouvons un bon nombre de membres restés en fonctions : Émile **Fougeron**, pendant 5 ans

(1869-1874) : **Janse** et **Diard**, pendant 4 ans (1868-1872) ; **Rogier** et **Trutteau**, 4 ans (1870-1874) ; **Jamet** et **de Vaugrigneuse**, 4 ans (1869-1873) ; **Bernier**, encore 4 ans (1877-1880), au lieu des 3 années statutaires.

Durant la même période, les statuts se modifient sans qu'on trouve trace d'un vote de l'assemblée générale :

Ainsi en 1867 apparaît un nouvel article 12 ainsi conçu : Tout associé qui aura laissé écouler deux années sans payer sa cotisation est réputé démissionnaire, sauf les circonstances dont le bureau sera juge.

En 1872, l'article 6 est modifié : Les fonctions de secrétaire et de trésorier sont séparées. En 1873, l'article 6 est encore modifié : Le bureau se compose alors d'un président, *deux* vice-présidents, un secrétaire et un trésorier.

En 1873 encore, un nouvel article 20 est ajouté : Tout membre qui fera imprimer un ouvrage ou une brochure, *en offrira* un exemplaire à l'Association. Tous ces livres réunis formeront une bibliothèque de famille. »

Enfin, le bureau n'est pas nommé par le Comité : il l'est ordinairement par l'assemblée générale elle-même.

Le tout est annoncé dans le *Bulletin* avec une franchise absolue et un oubli parfait des règles : les élections se font par acclamation ; pas de compétitions. pas de procédure. C'était l'âge d'or ; c'était la jeunesse de l'Association, c'était la saine, la loyale camaraderie sans arrière-pensée entre tous les sociétaires : c'était aussi l'âge des faibles budgets 2.376 francs de dépenses en 1873. alors qu'en 1912 on dépasse 7.000 francs et l'époque du recrutement facile.

Cependant le bon président **Jahan** veillait : il voyait le fonds de réserve grossir rapidement : 9.000 francs en 1872, 14.000 francs en 1874. 26.000 francs en 1876. et il voulut profiter de sa présence à la tête de l'Association. alors qu'après avoir été conseiller d'Etat sous le second Empire, il cumulait sous la troisième République la dignité de sénateur avec la présidence du Conseil général du Loiret : alors qu'auprès de

2

lui, **Greffier,** vice-président, était conseiller à la Cour de cassation, pour faire reconnaître l'Association d'utilité publique, régulariser ainsi son existence et son droit à la vie et lui permettre de recevoir des legs. Aussi prépara-t-il en Comité une nouvelle rédaction de statuts, combinaison entre les anciens et ceux d'une autre Association amicale (celle du Lycée d'Amiens), récemment approuvés par le Conseil d'Etat, et les soumit-il à l'approbation de l'assemblée générale tenue après le banquet, le 9 mai 1874 à Paris.

Un an après, le 24 mai 1875, il les rapportait au banquet d'Orléans avec le décret de reconnaissance d'utilité publique rendu conforme.

Ces nouveaux statuts comprenaient 27 articles au lieu de 21 que comportaient les anciens dans leur dernier état.

En dehors d'un développement et d'une précision plus grands donnés aux fonctions de secrétaire et de trésorier, diverses innovations étaient réalisées : l'article 1er permettait l'accès de l'Association aux fonctionnaires ou anciens fonctionnaires du Lycée, très peu en usèrent; l'article 14 autorisait le rachat de la cotisation annuelle de 10 francs par le versement d'une somme de 200 francs (capital évalué au taux d'alors, 5 °/₀) et l'article 17 imposait leur emploi en rentes sur l'Etat inaliénables; cette création avait pour but de constituer le capital nécessaire à la fondation d'une bourse au Lycée; les autres recettes devaient être déposées soit dans une caisse publique, soit dans un établissement financier autorisé par l'Etat.

Enfin, l'article 26 indiquait que tout membre de l'Association qui croirait avoir à proposer des modifications aux statuts devrait, un mois à l'avance, les communiquer au Comité, pour qu'il les soumit, s'il y avait lieu, à l'approbation de l'assemblée générale.

Ces nouveaux statuts, que le décret de reconnaissance d'utilité publique interdisait de modifier sans une nouvelle approbation, ne subirent pas le sort de leurs devanciers ; ils furent exactement appliqués.

Les statuts de 1875 vécurent plus longtemps que les premiers : 15 ans au lieu de 10.

La première proposition de revision fut faite au Comité le 27 juin 1887 ; étudiée et complétée au cours de l'année 1888, elle fut soumise d'abord à une sorte de *referendum*; l'on provoqua l'avis de tous les sociétaires sur l'utilité des transformations projetées ; quelques-uns envoyèrent de véritables mémoires, et, parmi ceux-ci, c'est avec un grand intérêt et un grand plaisir que nous avons retrouvé celui de **Touche** (Albert), l'éminent conseiller à la Cour d'Orléans.

L'assemblée générale de 1889 statua sur ces propositions et les adopta ; elle pria **Levavasseur de Précourt**, maître des requêtes au Conseil d'Etat, d'activer la marche toujours lente de l'administration et de disposer favorablement ses collègues au Conseil dont il faisait partie.

Malgré cet appui, le Conseil d'Etat demanda quelques modifications qui nécessitèrent un nouveau vote de l'assemblée générale.

L'affaire fut traitée le 7 juin 1890, et nos nouveaux statuts étaient approuvés par décret du 26 août suivant.

Ce sont ceux qui nous gouvernent encore aujourd'hui et, malgré leurs 23 ans de service, ils se portent encore très bien.

Pour comparer les statuts de 1890 à ceux de 1875, nous ne nous attacherons qu'aux changements présentant un intérêt certain pour la vie de l'Association.

Le nouvel article 2 précise davantage les conditions nécessaires pour pouvoir bénéficier de nos secours. Il limite *aux fils d'anciens condisciples* (mais peu importe qu'ils soient ou non membres de l'Association) la possibilité d'obtenir des subventions pour frais d'études, à la condition que ces études soient faites au Lycée d'Orléans ; par contre, il permet d'accorder des allocations pour faire compléter ces études dans les écoles spéciales, ce qui est précieux pour assurer l'avenir des pupilles.

Le nombre des membres du Comité est porté à 15; ainsi se trouvait légitimé l'usage antistatutaire de nommer plus de 12 membres. Pour faciliter les réunions et permettre d'obtenir plus facilement le *quorum* de 6 nécessaire pour la validité des délibérations du Comité, il était décidé dans le nouvel article 5 que 10 membres au moins devaient avoir leur résidence à Orléans. Le Proviseur du Lycée devenait membre de droit, en plus des 15, mais seulement avec voix consultative.

L'article 6 reproduit l'ancien article 5 : les membres sortants ne peuvent être réélus qu'après un intervalle d'une année, sauf les membres du bureau qui sont indéfiniment rééligibles.

L'article 7 impose le même intervalle d'un an après trois ans de présidence ou de vice-présidence, mais cependant sans qu'il soit nécessaire d'être observé : 1° au cas où un vice-président deviendrait président ou inversement ; 2° pour les secrétaires et le trésorier.

Ces sages dispositions empêchent les abus de la part de ceux qui seraient trop assoiffés de présidence, cas qui ne s'est jamais rencontré dans le Comité (bien au contraire), tout en permettant l'action continue et la gestion uniforme, sans à-coup, de l'Association par des membres expérimentés et travailleurs.

Le même article 7 ratifie la pratique de nommer deux vice-présidents, deux secrétaires, dont l'un est *général* et l'autre *adjoint*, et un trésorier.

L'article 6 contient encore une heureuse innovation : dans le cas de décès ou de démission d'un membre du Comité avant qu'il soit arrivé au terme de son mandat, le Comité a le droit de le remplacer, pour le temps restant à courir, par celui des camarades qui, aux élections précédentes, a obtenu le plus de voix après le dernier élu. Ainsi le Comité peut toujours être au complet; maintes fois il fut fait usage de cette faculté.

L'article 8, ratifiant encore une décision prise dès l'origine, permet de conférer à un ancien président le titre de président d'honneur. **Boinvilliers** avait été président d'honneur depuis la fondation jusqu'en 1885; **Jahan** fut le premier à en bénéficier *légalement*.

L'article 11, réglant à nouveau les attributions du bureau et du Comité, débarrassa les statuts de prescriptions de détail jugées complètement inutiles : telles les deux séances, anciennement réglementaires, de février pour l'établissement du budget, et de novembre pour la vérification des comptes du trésorier.

Il est juste d'ajouter que ces prescriptions ne furent jamais observées et elles ne pouvaient pas l'être aux époques indiquées, car la vie financière de l'Association dépend beaucoup des frais d'études; or, c'est au début de l'année scolaire qu'ils doivent être fixés et non en février; quant aux comptes, c'est pour leur présentation à l'assemblée générale qu'ils doivent être préparés et non pas pour le mois de novembre.

Ajouterons-nous qu'aucun projet de budget ne fut jamais établi jusqu'en 1905, date à laquelle le premier apparaît dans le registre des délibérations du Comité, mais pour se retrouver tous les ans à la réunion d'octobre, qui a pris le nom de *séance budgétaire* ?

Le nouvel article 14, oublieux des considérations qui avaient fait fixer à 200 francs le prix du rachat des cotisations (capital de la cotisation à 5 %), abaisse ce chiffre à 150 francs (alors qu'en 1890 le taux des revenus avait baissé presque à 3 %); cette décision fut prise pour augmenter le nombre des sociétaires perpétuels et faciliter les recouvrements.

Le nouvel article 16 autorise l'achat de valeurs de père de famille autres que la rente, dont les conversions successives avaient causé tant de préjudice à notre caisse.

Le nouvel article 19 (ancien art. 21). réglant l'emploi

des fonds conformément au but de l'Association exprimé dans l'article 2, précise à nouveau que les hourses perpétuelles ou temporaires (frais d'études) *ne peuvent être attribuées qu'à des fils d'anciens élèves*, de même que les secours ne peuvent être accordés qu'à des condisciples ou à des membres de l'Association, ou à leurs parents en ligne directe et à leur conjoint, sans aucune possibilité, par conséquent, de pouvoir employer les fonds communs à subventionner d'autres œuvres ou à en faire bénéficier les fonctionnaires du Lycée ou le Lycée lui-même, comme le désir ou la demande en a pu être formulé.

L'article 22 impose, pour la modification des statuts, la réunion d'une assemblée générale extraordinaire, le vote du quart au moins des sociétaires et l'avis favorable des deux tiers des votants, alors que l'ancien article 10 laissait ce soin à l'assemblée ordinaire, sans précision du nombre des suffrages à rassembler, et favorisait les surprises.

Comme il est facile de s'en rendre compte par la lecture de ce long et quelque peu fastidieux exposé, cette revision des statuts de 1875 fut une œuvre considérable, discutée, débattue sur tous les points et présentant une valeur sérieuse de force et de prévoyance.

L'historique des statuts serait terminé si nous n'avions à rappeler brièvement la seule proposition de modification qui ait été formulée depuis 1890; aussi bien les événements sont-ils encore dans la mémoire de la plupart d'entre nous.

A l'assemblée générale de 1901, un membre présenta une motion tendant à la réformation des statuts et à faire sortir l'Association de son rôle principalement charitable. Il demandait qu'elle se transformât en une *Société des amis du Lycée*, donnant secours et assistance non seulement aux anciens, mais aussi à l'être moral qu'est le Lycée.

Cette proposition, renvoyée au Comité, fut examinée par lui; il refusa d'en prendre l'initiative. Alors un groupe de 27 sociétaires ayant déposé une proposition régulière de revision des statuts en ce sens, avis fut demandé à l'assemblée générale de 1902 qui renvoya la solution de la question à une assemblée générale extraordinaire.

Les modifications demandées étaient les suivantes :

I. — Ajouter à l'article 5 :

Sont inéligibles les membres de l'Association qui ont fait ou qui font élever leurs enfants dans des établissements congréganistes.

II. — Ajouter à l'article 6 :

Le but de l'Association est de donner au Lycée, avec l'avantage d'une amitié solide et d'un dévouement vigilant, un soutien naturel, une protection exclusive et manifeste et de faire à son enseignement, à son éducation une propagande exemplaire et féconde.

III. — Ajouter à l'article 19 :

Le montant des ressources de la Société est destiné..... *surtout* à favoriser, par tous moyens, le développement de la prospérité du Lycée.

L'assemblée, spécialement convoquée, fut tenue à Orléans, le 4 mai 1903, dans la salle de l'Institut.

Les résultats du vote furent :

1° Modification à l'article 5 : pour : 72, contre : 249, bulletin blanc : 1 ;

2° Modification à l'article 6 : pour : 66, contre : 255, bulletin blanc : 1 ;

3° Modification à l'article 19: pour : 61, contre : 259, bulletins blancs : 2.

Soit une moyenne de 66 voix contre 254 sur 322 votants.

Aux termes de l'article 22 des statuts qui exige les deux tiers des voix, il eût fallu l'approbation de 215 camarades. La proportion était exactement inverse.

Le *statu quo* était maintenu.

À l'assemblée générale ordinaire du 8 juin 1903, qui eut lieu un mois après, le docteur Saint-Yves **Ménard**, désireux de ne pas rappeler une discussion pénible, n'y consacra qu'une phrase :

« L'assemblée, réunie le 4 mai ici même, a exprimé à une « grande majorité un vote favorable au *statu quo*. Nous « suivrons donc désormais les errements de nos devanciers ; « c'est ce que je peux vous dire de mieux sur la situation « morale de l'Association ».

Fidèle à l'exemple de discrétion ainsi donné, témoignage effectif et urbain de la survivance de la réelle camaraderie, le Comité ne publia pas dans le *Bulletin* le compte rendu de l'assemblée générale extraordinaire, ni le résultat détaillé du vote.

Nous avons cru pouvoir, dans cette notice historique, produire les chiffres jusque-là, enfouis dans les archives, et dont ils n'ont plus à sortir qu'à titre purement documentaire.

Une seule proposition de revision des statuts fut, depuis lors, soumise au Comité.

Elle consistait à ne rendre la cotisation obligatoire que pendant 30 ans ; le Comité l'écarta par le triple motif : 1° que le sociétaire, au bout de 30 versements de 10 francs, n'avait pas en réalité versé davantage que le sociétaire racheté à 150 francs, trente années auparavant, en raison des intérêts composés de son versement unique, alors qu'il avait, lui, gardé toute sa liberté de démissionner pendant ce temps ; 2° que l'Association aurait été privée de ses versements au cas où il serait venu à mourir avant 30 ans de sociétariat, tandis que le sociétaire perpétuel n'aurait eu droit à aucun remboursement ; 3° que cette mesure s'appliquerait à une centaine de membres, c'est-à-dire au quart de l'effectif payant de la Société, réduirait les ressources d'une façon appréciable et aurait pour conséquence la diminution des bienfaits de l'Association.

Aucune proposition ne fut d'ailleurs régulièrement présentée.

IV

LES BANQUETS

L'historique des banquets et celui des assemblées générales se confondent à peu près complètement, non point en ce sens que l'on réglât à table les questions de l'ordre du jour, mais parce que les premiers statuts disaient que chaque année, soit à Paris, soit à Orléans, « un banquet réunit en assemblée générale tous ceux des anciens élèves qui voudront y prendre part ». Les adhérents au banquet étaient donc les seuls membres constituant l'assemblée générale ; le banquet et l'assemblée générale se tenaient le même jour et au même lieu.

De cette disposition statutaire, découlent encore l'annalité du banquet et l'alternance entre Paris et Orléans.

Trois fois seulement il fut dérogé à la première de ces règles : en 1871, l'ennemi avait à peine évacué le territoire, le banquet n'eut pas lieu; en 1899, Anatole **Dubec**, président, venait de mourir, le banquet fut supprimé ; même décision en 1909, à l'occasion du décès de Saint-Yves **Ménard**, ancien président. Au décès de **Tranchau** (1896), il n'en fut pas de même, en raison du désir du défunt formellement exprimé.

Quant à l'alternance, elle est observée depuis 1867, avec une dérogation en 1870 pour des raisons que nous ignorons, et une autre qui se produit cette année, le cinquantième anniversaire de notre fondation devant évidemment être de préférence célébré auprès du Lycée et avec lui à Orléans.

Nous reproduisons ici le tableau de ces banquets, tableau antérieurement publié dans chaque *Bulletin*, mais complété et corrigé après une soigneuse vérification.

DATE		LIEU	PRÉSIDENT
	1863	Orléans, Hôtel de la Croix-de-Malte	
Samedi 30 avril	1864	Paris, Hôtel du Louvre..............	JAHAN.
Lundi 3 avril	1865	Paris, Hôtel du Louvre......	BOINVILLIERS.
Lundi 9 avril	1866	Paris, Hôtel du Louvre......... ...	GREৎFIER
Samedi 4 mai	1867	Paris, Hôtel du Louvre......... ...	FOURNIER (Édouard).
Lundi 1er juin	1868	Orléans, Lycée.............	VIGNAT (Eugène).
Lundi 3 mai	1869	Paris, Hôtel du Louvre.	VAPEREAU (Gustave).
Lundi 1er juin	1870	Paris, Hôtel du Louvre...	DE LA NOUE-BILLAUT.
	1871	Pas de banquet.	
Dimanche 2 juin	1872	Orléans, Institut.................	BOUTET DE MONVEL (B.).
Samedi 24 mai	1873	Paris, Hôtel du Louvre..........	BOINVILLIERS.
Samedi 9 mai	1874	Orléans, Institut.................	BOUSSION.
Lundi 24 mai	1875	Paris, Hôtel du Louvre....	TRANCHAU.
Jeudi 4 mai	1876	Orléans, Institut.................	GERMON (Alexis).
Lundi 21 mai	1877	Paris Grand-Hôtel..·............	CORNU (Alfred).
Lundi 10 juin	1878	Orléans, Institut... ·..........	BOINVILLIERS.
Mardi 20 mai	1879	Paris, Grand-Hôtel.......	Docteur FEREOL.
Jeudi 10 juin	1880	Orléans, Institut.................	LAFONTAINE (Albert).
Samedi 28 mai	1881	Paris, Véfour........	PLOIX (Charles).
Dimanche 4 juin	1882	Orléans, Institut.................	RICHAULT.
Lundi 21 mai	1883	Paris, Véfour......	BARBOUX (Henri).
Lundi 2 juin	1884	Orléans, Hôtel Saint-Aignan.. ...	JONQUIÈRES (Amiral DE).
Dimanche 14 juin	1885	Paris, Véfour.....	JOUSSELIN (Paul).
Lundi 14 juin	1886	Orléans, Hôtel Saint-Aignan.......	DELPECH (Général).
Jeudi 16 juin	1887	Paris, Véfour................. . .	LE VAVASSEUR DE PRÉCOURT.

DATE		LIEU	PRÉSIDENT
Lundi 6 juin	1888	Orléans, Institut..	HEURTEAU (Émile).
Lundi 10 juin	1889	Paris, Véfour.......	MENARD (Saint-Yves).
Samedi 7 juin	1890	Orléans, Hôtel Saint-Aignan.......	Docteur CHIPAULT.
Lundi 15 juin	1891	Paris, Véfour..............	FOUSSET (Eugène).
Mardi 7 juin	1892	Orléans, Institut.................	BOUCARD (Henri).
Lundi 5 juin	1893	Paris, Grand-Hôtel.............	LAFENESTRE (Georges).
Lundi 4 juin	1894	Orléans, Hôtel Saint-Aignan	RABOURDIN-GRIVOT.
Lundi 10 juin	1895	Paris, Grand-Hôtel	Docteur BOUILLY.
Lundi 15 juin	1896	Orléans, Institut..	DELARUE (René).
Samedi 19 juin	1897	Paris, Grand-Hôtel......	CORNU (Maxime).
Samedi 11 juin	1898	Orléans, Institut..................	CONS (Henri).
	1899	Pas de banquet. Décès de Anatole DUBEC, président.	
Samedi 9 juin	1900	Paris, Marguery.......	JACQUEMART (Paul).
Samedi 1er juin	1901	Orléans, Institut...	LACHOUQUE (Général).
Lundi 9 juin	1902	Paris, Marguery................	Docteur BROUARDEL.
Lundi 8 juin	1903	Orléans, Institut...............	CAILLARD (L.) (Vice-Amiral).
Samedi 11 juin	1904	Paris, Marguery..	BEZANCON (Fernand)
Samedi 24 juin	1905	Orléans, Institut.....	DE LA ROCHETERIE (Maxime).
Samedi 9 juin	1906	Paris, Marguery	MARTIN (Georges).
Samedi 8 juin	1907	Orléans, Janvier.....	GOURDON (P.) (Vice-Amiral)
Mercredi 27 mai	1908	Paris, Marguery	MASSON (Léon).
	1909	Pas de banquet. Décès de Saint-Yves MENARD, ancien président.	
Lundi 30 mai	1910	Orléans, Salle Trianon	TRANCHAU (Paul).
Samedi 10 juin	1911	Paris, Marguery..............	DELARUE (G.) (Général).
Samedi 15 juin	1912	Orléans, Janvier..................	ROBERT DE MASSY (R.).

La préparation du banquet a toujours été l'objet des soins particuliers du Comité. Deux ou trois mois avant l'époque habituelle où il se tient, le Comité se réunit, fixe la date et décide du choix du Président. Celui-ci est toujours un camarade d'une certaine ou d'une grande notoriété; successivement ont été invités les camarades les plus éminents, et si quelqu'un de nos sociétaires ayant occupé de hautes fonctions civiles ou militaires, ayant un nom dans le barreau ou l'industrie n'a pas présidé, c'est que ses occupations ou ses goûts ne le lui ont pas permis; à coup sûr, ce n'est pas faute d'y avoir été convié.

Des invitations sont adressées tous les ans à l'Inspecteur d'Académie au proviseur, et parfois à d'autres membres de l'administration du Lycée, à deux professeurs en exercice, à d'anciens professeurs ou administrateurs du Lycée, et aux lauréats de nos médailles d'or de l'année précédente. Le nombre maximum des invités assistant au banquet fut de 7 en 1888; la moyenne est de 3.

Les détails de l'organisation même du banquet, le choix du traiteur ont été confiés jusqu'en 1901 aux soins d'une commission spécialement nommée dans ce but, car nos anciens surtout tenaient à un menu très soigné; le prix en fut longtemps de 15 francs par tête, puis de 12 francs; cette année, à l'occasion du cinquantenaire et pour faciliter l'accès du banquet, il a été ramené à 10 francs. Depuis 1901 c'est le bureau lui-même qui traite de ces détails, et s'adjoint au besoin des camarades compétents.

A Paris, le banquet se tient toujours chez le traiteur; ce fut successivement à l'hôtel du Louvre, au Grand Hôtel, au Grand Véfour, chez Marguery.

A Orléans, c'est tantôt chez le restaurateur lui-même, si des salons suffisants s'y rencontrent avec une bonne cuisine; tantôt dans la salle de l'Institut, où se rend le cuisinier choisi.

Actuellement, le banquet se tient alternativement dans les salons Jeanne d'Arc (Janvier frères, successeurs de Rigault), et dans la salle Trianon (Audebert) ; nous n'avons jamais eu qu'à nous louer de nos choix.

Toutes les fois que le banquet a lieu à Orléans, une délégation de grands élèves du Lycée fait son entrée au dessert et établit entre les anciens et les jeunes un premier contact qui n'est parfois pas dépourvu de saveur ; il n'a jamais été manqué à cette tradition.

Après le dîner, au dessert, le président du banquet prend la parole et prononce une allocution ou un discours selon son goût ; le tour en est simple ou harmonieux selon son esprit ; le sujet léger ou sévère selon ses dispositions naturelles et selon les temps.

Le président ou le vice-président lui répond ; les toasts s'entrecroisent.

Si l'Assemblée générale n'a pas eu lieu auparavant, c'est-à-dire jusqu'en 1888, le président ou le secrétaire donne lecture d'une notice nécrologique, sur ceux des camarades qui sont morts depuis la dernière réunion, et fait connaître les distinctions, promotions et succès des anciens et des jeunes, ainsi que ceux des professeurs du Lycée.

Depuis 1888, c'est à l'assemblée générale que se donne le souvenir aux morts ; l'hommage est plus discret et plus conforme à son objet. Au banquet, est réservée l'annonce des succès. Jusqu'au décès de **Tranchau,** ce fut lui qui se réserva cette mission ; à partir de 1896, elle fut dévolue au proviseur du Lycée qui, selon l'expression du premier qui l'employa, **M. Dujarrier,** *dénoue la gerbe.*

Le secrétaire présente brièvement les excuses des absents.

Quand les personnalités marquantes de la réunion ont ainsi parlé, le tour des jeunes est arrivé, autant toutefois que le banquet se tient à Orléans. Jusqu'en 1910, l'un d'eux prenait la parole et haranguait les ancêtres, tantôt en vers, tantôt en prose ; l'un des membres du Comité répondait, et remettait à l'un d'eux un magnifique volume, dû à la générosité de l'un de nos camarades, ancien membre du Comité : Emile **Fougeron,** prix destiné à récompenser un élève, depuis longtemps au Lycée et qui, arrivé au terme de ses études, s'est distingué par sa bonne conduite, son application et ses progrès. Le premier prix fut remis en 1878. Après la mort de **Fougeron** (1909), là tradition en fut continuée par le Comité.

Voyons ce qui se passait autrefois, après ces épanchements que je ne qualifierai pas de quasi officiels, mais simplement de réglementaires.

La parole était alors à qui voulait récréer ses amis par la lecture de vers de sa composition.

Le banquet eut ses poètes : **Lesguillon,** le doyen d'âge de la fondation, qui ne manquait jamais d'assister au banquet et d'y produire des œuvres d'à-propos.

En 1864, il chanta :

> Et puissions-nous souvent, et tous, comme aujourd'hui,
> Nous prêtant dans notre œuvre un mutuel appui.
> Respectés par le temps qui passe et qui dévore,
> Au banquet fraternel nous retrouver encore !

En 1865, Ed. **Fournier** le précède et parle du vieux Lycée :

> Je revoyais notre Collège
> Tel qu'il fut quand il était vieux ;
> Et pardonnez ce sacrilège.,
> Moins neuf, il me souriait mieux.
>
> Il semble en grattant ses murailles,
> Qu'à plaisir on ait effacé
> Nos jours de joie et nos batailles,
> Notre Chronique du passé.
>
> . . . .
>
> Notre ami Tranchau qui m'écoute,
> Fier de son Lycée agrandi,
> Au fond du cœur trouve sans doute
> Que mon regret est bien hardi.

> Pour blanchir ces murs, qu'il y songe,
> Avant de me faire un procès,
> Il faut passer l'ingrate éponge
> Sur l'histoire de ses succès.

Lesguillon reprend alors son dernier quatrain de 1864 et ajoute :

> Ce souhait que ma lèvre exprimait l'an passé,
> Par le temps oublieux devait être exaucé ;
> . . . .
> . . . .
> L'Association fera l'égalité.
> Et sœur du même sang, la solidarité,
> Changeant en dévoûment une haine inféconde,
> Sous une loi d'amour asservira le monde !

Nous serions tenté de reproduire bien d'autres extraits, le cadre de cette étude ne le comporte pas.

En 1868, le banquet avait lieu à Orléans pour la première fois. Il se tint au Lycée. Écoutons l'annaliste : « Cette réunion, « la première qui se soit tenue à Orléans, avait un charme « tout particulier, dû à la salle même où avait lieu le banquet. « Chacun retrouvait là de chers souvenirs. La plupart ont « voulu, avant d'aller au *réfectoire*, revoir leurs classes, « leurs études, leurs dortoirs, et surtout les cours où ils « avaient pris leurs ébats. On a entendu un homme grave et « en cravate blanche proposer une partie de barres comme « au bon vieux temps ; mais un roulement de tambour, signal « traditionnel du dîner du Collège, a étouffé la motion et l'on « est monté à la salle du festin. »

À cette réunion, le nombre des poètes s'accroît : à **Lesguillon** s'adjoint cette fois **Lemaire**, professeur libre au Lycée ; il en célèbre l'enseignement :

> Lycée, honneur de notre ville,
> Où la jeunesse avec fierté,
> Puise une doctrine virile
> De sagesse et de liberté.

Un élève de mathématiques élémentaires commet lui-même des vers :

> Soyez les bienvenus ! A nous le privilège
> De faire les honneurs de leur ancien Collège
> A nos frères aînés.

> . . . .

> Puis, sortis du collège, et lancés dans la vie,
> Mais gardant à la sainte et commune patrie
> Un amour éternel,

> Le cœur encore tout plein du souvenir vivace
> De nos plus jeunes ans, nous viendrons prendre place
> Au banquet fraternel.

Simple promesse d'apparat, car son auteur ne fit jamais partie de l'Association ; néanmoins, le tour en était aimable.

Au banquet de 1870, six semaines avant la guerre, notre brave **Lesguillon** buvait au progrès, à la concorde et à la paix.

> Je bois, nourricière féconde,
> A la paix, le premier des biens !
> A tous les rédempteurs du monde
> Devenus nos concitoyens !

> Pour que la concorde unitaire
> Change en socs, fusils et canons !
> Pour que, riche et libre, la terre
> Oublie un jour jusqu'à leurs noms !

Amère dérision : le *Bulletin* qui devait porter ces vers aux camarades absents n'était pas encore imprimé lorsque les Prussiens entraient dans Orléans.

En 1871, une simple réunion au Lycée fut tenue le 25 mai ; **Tranchau** y fit approuver les envois de secours qu'il avait faits à d'anciens élèves retenus prisonniers en Allemagne.

En 1872, la muse d'Edouard **Fournier** ne pouvait être que douloureuse :

Cherchons sous ce désastre immense
Où revivre et nous appuyer; .

. . . .

Qu'en lui-même chacun apaise
La politique et ses excès ;
Dans la ville la plus française
Il ne faut être que Français.

Lesguillon, n'ayant pu venir au banquet, fit insérer au *Bulletin* son hymne « Aux enfants de la France » qui fut souvent chanté dans le département.

Ce fut la dernière œuvre de lui insérée au *Bulletin*; notre poète avait quitté la terre.

Un autre naissait à notre banquet de 1874 : **Richault;** il devait y chanter dix ans.

Et c'était à la suite de ces véritables séances littéraires, que le président invitait à passer dans le salon voisin pour l'assemblée générale. S'y rendait-on? Tout au moins le bureau s'y installait, tandis que la plupart des camarades finissaient leur café et prenaient un nouveau cigare dans la salle du banquet; debout, près d'une chaise, on saisissait les paroles prononcées dans le petit salon, et l'on causait entre soi, qui de la création d'une bourse, qui des événements de la veille, ou des potins de la ville.

Le temps passait en ces conversations joyeuses, primesautières, décousues, pleines de verve et d'esprit, et, comme il arrive dans presque toutes les sociétés, on laissait agir à leur gré ceux dans lesquels on avait placé sa confiance. Si une discussion s'amorçait sérieuse, l'heure tardive empêchait de la terminer : au moment de voter, on s'apercevait que bon nombre d'assistants s'étaient déjà éclipsés. Même pour choisir les membres du Comité, impossible de voter : on acclamait, et une fois sur cette pente, on ne se bornait pas à nommer les membres du Comité pour laisser celui-ci choisir le bureau, on nommait par acclamation tout le monde : président, vice-président, etc...

Un peu d'ordre naquit en 1880 ; on compta les voix, et elles furent pour la première fois publiées au *Bulletin* ; il est vrai que 1880 est l'époque où **Tranchau** prenait les fonctions de secrétaire, et écrivait la première page du premier registre des délibérations du Comité (9 avril 1880).

Comment aussi était-il possible de travailler quand on venait d'entendre **Richault** dire ses vers sur le père **Noël** (1878) ?

> Trente ans concierge du Lycée,
> Noël se mêle, en ma pensée,
> Au souvenir, hélas ! lointain,
> De nos jeux et du vers latin.
>
> . . . .
>
> Le roi des portiers sous le Ciel,
> Amis, fut le père Noël.
>
> . . . .
> . . . .
>
> Par le tambour, dans le Lycée,
> La cloche se vit remplacée ;
> En souvenir du régiment,
> Il en battit allégrement ;
> Un jour même, oubliant sa charge,
> Le vieux soldat battit la charge.
> Le roi des portiers, sous le Ciel,
> Amis, fut le père Noël.
>
> . . . .
> . . . .
>
> Avant de revoir l'Allemand
> Fouler notre sol, doucement,
> Ce cœur français, ce vaillant homme
> S'est endormi du dernier somme ;
> Et Pierre, le portier du Ciel,
> L'ouvrit au bon portier Noël !

La poésie latine elle-même se produisait ; on lui fit même une oraison funèbre avant la lettre : au banquet de 1880, un

jeune chanta : *Le dernier soupir des vers latins*. Il fait parler
la Muse :

. . . . . « Si fugiam, ingrato propulsa Lyceo,
« Non omnis moriar ! . . . . »

. . . .

Musa mihi saltem concedit voce suprema.

. . . .

Enterrée en 1880, cette Muse ressuscitait en 1881. Le jeune
mathématicien **Mazure**, s'adressant à ses aînés, commençait
ainsi sa harangue :

O vos, gymnasii genabensis gloria quondam,

Et le rédacteur du *Bulletin* ajoute : **Mazure** a dit cela
d'une voix claire et accentuée qui a aidé les uns à comprendre,
les autres... à applaudir de confiance.

Cette appréciation était le glas définitif.

L'usage de ne tenir l'assemblée générale qu'après le banquet subsista jusqu'en 1888. Il ne s'agissait plus, cette année-
là, d'entendre un rapport financier, ou des détails sur la
marche normale de l'Association : une proposition de révision
des statuts était déposée. Les organisateurs de la réunion
jugèrent qu'une discussion sérieuse s'imposait, et ils convo-
quèrent l'assemblée générale au Lycée à 3 heures. 33 membres seulement y assistèrent, alors que 70 furent présents au
banquet.

Cependant l'ancien usage avait vécu, et désormais l'assemblée générale annuelle fut tenue une heure avant le banquet.
Ce système présente de grands avantages; il permet à ceux
qui ne peuvent ou ne veulent banqueter d'assister à l'assemblée; il laisse l'esprit plus libre pour discuter, et il n'y a
que ceux qui ne veulent pas se déranger qui n'en font point
partie.

Ainsi les principes sont sauvegardés, mais l'assemblée
générale n'est pas plus nombreuse qu'autrefois. Excessive-

ment peu de membres viennent à l'assemblée sans assister au banquet. Les deux années mêmes où, par suite de deuil, il n'y avait pas de banquet, mais simplement une assemblée générale au Lycée, le nombre des présents ne dépassa pas la vingtaine.

Et aux deux assemblées générales extraordinaires tenues pour des propositions de révision des statuts, et que nous avons mentionnées au chapitre précédent, il y eut une fois 33, l'autre fois 50 membres seulement.

Concluons-en, qu'il est de plus en plus difficile aux camarades de se déranger.

Les banquets de 1892 et de 1894 virent de nouvelles muses s'éveiller, la musique fut de la partie; poètes et chanteurs, monologuistes et instrumentistes, tous jeunes ou anciens élèves, se succédèrent pendant deux heures et laissèrent leurs camarades sous une impression de charme que ceux-ci eussent été heureux de ressentir à nouveau.

Cette heureuse initiative était encore due à **Tranchau;** ce banquet de 1894 fut d'ailleurs son apothéose : on y fêtait l'apparition de son livre : « Le Collège et le Lycée d'Orléans » (1762-1892), œuvre d'une grande tenue tant au point de vue littéraire qu'au point de vue archéologique : c'est bien là de la vraie histoire bâtie avec de solides documents, écrite avec une plume aussi alerte que consciencieuse. Il n'est pas inutile d'ajouter que 20 ans auparavant, au banquet de 1874, présidé par **Boussion,** celui-ci parlait d'une notice sur le Prieuré de Saint-Samson, passé dès le commencement du xviie siècle aux mains des jésuites, qui parvinrent alors à y supplanter les religieux Augustins, notice due à **M. de Vassal,** archiviste du Loiret, complétée plus tard par Eugène **Bimbenet** jusqu'en 1762, poursuivie par **M. de Vassal** lui-même et publiée en 1861 sous le titre de *Recherches sur le Collège royal d'Orléans jusqu'en 1847.*

Il souhaitait que ce travail fût complété jusqu'à nos jours par quelqu'un d'entre nous et édité aux frais de l'Association.

La sémence était jetée, **Tranchau** la cultiva et en fit la moisson dans son livre, sans demander le concours pécuniaire de l'Association. Le Comité lui vota une médaille d'or; l'Académie Française lui décerna, en 1895, un prix Montyon. Tout autre éloge serait superflu.

Tranchau mourut l'année suivante, en remplissant un devoir d'amitié; il mourut comme il avait vécu, toujours sur la brèche.

On pourra discuter ses idées, son administration, on ne discutera pas sa valeur, son désintéressement, son grand cœur.

Après cette série de banquets agrémentés des apparitions poétiques de **Lesguillon**, Edouard **Fournier**, **Richault**, **Lemaire**, **Doisy**, J.-M. **Simon**, **Lesueur**. et de plusieurs jeunes, les muses, lasses sans doute, renversèrent leurs flambeaux. Aussi bien sommes-nous arrivés à la période contemporaine. L'avenir nous dira sans doute qu'elles ne sont pas mortes.

- V -

L'ADMINISTRATION

L'Association est administrée, nous disent les statuts, par un Comité dont le nombre des membres a été successivement de 12, puis de 15.

Au-dessus de lui se trouve l'assemblée générale qui décide des questions les plus importantes.

Au Comité sont réservés : la distribution des secours, l'allocation de la bourse de fondation et des frais d'études, la nature et l'importance des prix et encouragements aux études, le vote du budget et le maniement des fonds, les questions de trésorerie, les relations avec le Lycée et toutes les autres administrations, l'étude de toutes les questions intéressant l'Association et la solution de celles qu'il ne juge pas utile de renvoyer à l'assemblée générale.

Celle-ci fut toujours consultée sur les points délicats ou les institutions nouvelles, ainsi que l'établira un rapide aperçu :

En 1874, l'assemblée générale émet un vœu favorable à la création d'une bibliothèque.

En 1875, c'est elle qui décide l'apposition dans le parloir du Lycée d'un tableau portant les noms des sociétaires perpétuels, et l'année suivante d'un tableau des donateurs.

En 1878, la classe de rhétorique ayant été doublée, l'assemblée générale, consultée, vote une seconde médaille d'or pour les vétérans ; elle donne un avis favorable au projet de fondation d'une bourse.

En 1880, elle vote l'exemption de la cotisation pendant 2 ans, en faveur des jeunes sortant du Lycée.

En 1880 encore, elle vote une seconde médaille d'or annuelle pour la classe de mathématiques spéciales rétablie. La médaille de rhétorique avait été distribuée dès 1864, avant le vote des statuts.

Puis elle approuve successivement l'achat d'un album pour les photographies de ses membres, et d'un *album Amicorum* (1887).

En 1897, à l'occasion du transfert des restes de **Tranchau** au nouveau cimetière, elle décide de faire placer un médaillon en bronze sur sa tombe, et une reproduction au parloir.

En 1902, elle vote la prolongation de l'exemption pour les jeunes pendant 5 ans.

En 1907, elle autorise le Comité à allouer une bourse de séjour à l'étranger, et en 1910, une seconde.

Tel est le tableau sommaire du rôle de l'assemblée générale dans l'administration. Tout le reste dépend du Comité : c'est par lui que se manifeste la vie journalière de la Société ; les détails que nous pourrons donner sur son fonctionnement aux diverses époques devront être restreints sur bien des points : ici c'est le domaine réservé. Le nom d'aucun bénéficiaire de pensions ou de secours ne doit être prononcé, et bien des questions de personnes ne peuvent être même effleurées.

Une discrétion forcée nous est imposée sur la première période, car aucun registre ne fut tenu jusqu'au 9 avril 1880.

Depuis cette époque, deux registres ont été remplis et le troisième est en cours. Les délibérations y sont très régulièrement consignées, et chaque procès-verbal est signé du Président et du Secrétaire. On y trouve tous les renseignements désirables, sauf, ce qui est assez extraordinaire, sur les adhésions de nouveaux membres et les démissions. Ce n'est qu'à partir du 3 octobre 1903 que ces mentions y sont consignées.

Le Comité se réunit toujours au Lycée. Ce fut longtemps au parloir ; actuellement, c'est dans la salle de la bibliothèque des professeurs. On s'est réuni à toute heure, de 9 heures du matin à 8 heures 1/2 du soir. Le nombre des séances varie annuellement selon les besoins ; nous avons trouvé un minimum de 3 réunions de 1881 et 1890 ; un maximum de 9 en 1896 ; une moyenne générale de 6.

Pour les demandes très urgentes, le Comité a, par délibération du 27 mars 1892, autorisé son bureau à statuer seul, et à parer au plus pressé; il en est rendu compte à la séance suivante. Quand il est fait usage de cette faculté, ce qui est rare, la plupart des membres sont ordinairement pressentis individuellement par le Secrétaire; cette délibération n'a d'ailleurs fait que confirmer un usage aussi ancien que l'Association. La seule différence, maintenant, consiste en ce que les registres en portent trace, tandis qu'auparavant, aucune mention n'en était faite par écrit.

Il est utile, en effet, de ne pas trop multiplier les réunions, car les membres éloignés d'Orléans ne peuvent faire de fréquents voyages, et les Orléanais eux-mêmes ne peuvent pas toujours se rendre libres facilement aux heures indiquées.

Actuellement, le nombre des membres présents à chaque séance ne descend que très exceptionnellement au-dessous du quorum réglementaire de 6; il faut remonter à 1903, pour en trouver un exemple; la moyenne des présents est de 9 pour les trois dernières années.

Par contre, de 1880 à 1903, sur 137 réunions, il y en eut 23 où le quorum ne fut pas atteint; la moyenne des présents dans cette période fut de 7.

Un ancien usage, souvenir du dépouillement des votes après le banquet, autorisait le Comité à s'adjoindre, pour ce travail, quelques camarades, pris hors de son sein : c'était la commission de dépouillement; il est tombé en désuétude, depuis que les membres du Comité assistent plus nombreux aux séances.

Il n'est constitué que rarement, et pour des matières exceptionnelles, des commissions spéciales : deux seulement figurent dans les registres; l'une, constituée en décembre 1910, eut à s'occuper d'une question juridique relative à l'interprétation de l'acte constitutif de la bourse de fondation, qui avait déjà fait l'objet d'un rapport de **Bredif**; cette commission fut composée des membres du bureau, auxquels on adjoignit les membres compétents du Comité : **Latour, Robert de Massy, Refoulé** et le Proviseur ; elle déposa un rapport à la séance suivante.

La seconde fut constituée également le 16 décembre 1910, à l'effet de reprendre les recherches commencées autrefois, puis abandonnées, afin de dresser une liste aussi complète et aussi exacte que possible des anciens élèves du Lycée, morts pour la patrie ou victimes du devoir. Ce travail, de plus longue haleine, ne reçut une solution qu'à la séance du 14 mars 1913, jour auquel son rapporteur, Fernand **Detchemendy,** présenta la liste qui est gravée sur les plaques apposées au Lycée.

D'autres questions ont fait l'objet d'études spéciales de la part de l'un ou de l'autre des membres du Comité, — généralement du Secrétaire.

Les deux plus importantes séances sont : celle d'octobre ou séance budgétaire ; l'autre est celle qui précède les élections et le banquet. Une troisième, enfin, suit de près l'assemblée générale.

De la première, nous parlerons plus en détail dans le chapitre : Trésorerie. Disons simplement ici qu'elle vote les secours à donner aux malheureux déjà secourus antérieurement, et dont les besoins, comme les ressources, sont connus ; en cours d'année le Comité statue sur les demandes nouvelles.

La séance de mars-avril s'occupe principalement de la préparation du banquet et des élections. Rien à ajouter à ce que nous avons déjà dit pour le banquet ; pour les élections, au contraire, les registres ont accusé longtemps les traces de nombreuses délibérations principalement sur le libellé de la circulaire à envoyer aux camarades.

Jusqu'en 1880, nous le savons, les élections se faisaient après le banquet, de sorte que seuls les convives pouvaient exercer leur droit de vote. Aussi le Comité appela-t-il l'attention de l'assemblée générale de 1880 sur cette anomalie, et obtint-il d'elle l'approbation du vote par correspondance.

Il l'organisa dans sa séance du 29 avril 1881.

A chaque sociétaire furent envoyés une circulaire et un bulletin de vote contenant : 1° en tête de la liste, les noms des camarades ayant obtenu le plus de voix après le dernier élu aux élections précédentes ; 2° une liste des noms de quatre camarades que recommanderait particulièrement leur notoriété ou leur dévouement connu pour l'Association, les votants restant libres, bien entendu, de choisir sur toute la liste des sociétaires.

Ceux qui ne venaient pas au banquet envoyaient leurs bulletins au secrétaire. Pour les autres, l'usage ancien du vote après le dîner subsistait. Le dépouillement n'était opéré qu'après le banquet.

Les élections de 1881 eurent lieu sur cette base ; le progrès était sensible, mais il restait l'ennui d'avoir à dépouiller des centaines de bulletins après dîner.

Dans une séance du 26 septembre 1883, le Comité décida enfin le système actuel : désormais tout le monde, adhérent au banquet, ou non, votera par correspondance ; le dépouillement en sera fait quelques jours avant l'assemblée générale, à un jour qui sera indiqué aux sociétaires, et tout bulletin arrivé postérieurement sera annulé. Dans la même réunion, une modification était apportée à l'établissement de la liste à envoyer : le nombre des membres à élire étant de cinq, la liste comprendrait deux séries de cinq noms : d'abord ceux des cinq ayant obtenu le plus de suffrages après les élus de l'année précédente, ensuite cinq autres noms, tout au plus, proposés par le Comité, et cela dans le but d'éviter une trop grande dispersion des suffrages.

Ce mode de procéder fonctionna sans encombre à partir de 1884. Tantôt le Comité usait de son droit de présentation, tantôt il se bornait à signaler les membres du bureau sortants, et à ce titre rééligibles.

Nous n'hésitons pas à dire qu'à partir de 1894, les membres du Comité cédèrent trop facilement à des scrupules de convention. Ils estimèrent que leur choix ne pouvait porter que sur des camarades ayant obtenu non seulement des voix aux dernières élections, mais encore en ayant obtenu un nombre respectable, comme si la loi du nombre n'était pas déjà respectée par l'établissement de la première partie de la liste, comme si eux, les élus du suffrage universel, ne pouvaient pas, ne devaient pas même, dans certains cas, signaler aux camarades un des leurs capable et dévoué, dont la présence au Comité pouvait être utile pour l'administration. Si les camarades ne voulaient pas lui donner leur confiance, ils l'auraient prouvé par leur vote ; leur liberté n'était pas atteinte. On en arriva, à partir de 1895, à ne plus proposer que d'anciens membres du Comité, et, depuis 1900, la circulaire comprit trois parties: 1° les membres du bureau sortants et partant rééligibles ; 2° les candidats ayant obtenu le plus grand nombre de voix après les élus (on descend jusqu'à 4 ou 5 voix) ; 3° les anciens membres du Comité devenus rééligibles.

Le Comité avait ainsi détruit la faculté de présentation que ses prédécesseurs de 1880 lui avaient si sagement réservée. C'est le système encore en vigueur.

Il est bon de signaler toutefois que, pour assurer le secret du vote, les camarades sont priés d'adresser leur bulletin sous une enveloppe cachetée qui leur est envoyée spécialement dans ce but.

Ce système de votation fonctionna ainsi à la satisfaction générale ; seule l'interdiction que se sont faite à eux-mêmes les membres du Comité n'a pas eu un bon résultat: ils se sont mis dans l'impossibilité d'indiquer aux électeurs ceux des camarades qui pourraient les aider dans leur tâche d'administration, principalement pour les postes délicats et chargés: tels ceux des secrétaires et du trésorier. Aussi vit-on successivement les élections de 1896, 1897, 1898, 1899, 1900 ne pouvoir amener au Comité un seul sociétaire acceptant les fonctions de secrétaire-adjoint. Le Comité, au lieu de se ressaisir aussitôt du droit de présentation qu'il avait si malencontreusement abandonné, préféra demander à l'assemblée générale de 1899 l'autorisation de choisir un secrétaire-adjoint en dehors du Comité. Dans cet ordre d'idées, il poussa la discrétion si loin que, dans la circulaire de 1900 relative aux élections, il ne fit même pas connaître aux sociétaires le camarade objet de son choix, et ce n'est qu'en 1901 que les membres de l'Association, enfin informés par le *Bulletin*, purent régulariser par leur vote la situation au Comité de notre excellent camarade **Brucy.**

Ce défaut voulu d'initiative dans l'administration eut encore pour conséquence la publication, par divers groupes de camarades, de listes à l'occasion des élections; tantôt elles étaient anonymes, tantôt signées; mais alors il arriva que les signataires n'étaient pas tous membres de l'Association. D'où des accusations injustes et des difficultés de détail nuisibles à la bonne camaraderie; elles n'étaient d'ailleurs pas sans rapport avec la proposition de révision des statuts déjà rapportée. Après un rejet (1903), le calme revint et le Comité put vaquer plus tranquillement à l'accomplissement de sa mission.

Cependant un envoi de listes subsiste toujours; ne serait-il pas maintes fois préférable que le Comité se ressaisît de son ancienne faculté de présentation?

D'autres Associations, même plus importantes (Souvenir Français, Mutuelles Taylor, Ligue contre la Tuberculose, etc...) agissent de même, et ne semblent pas avoir à le regretter, puisque depuis de longues années, elles continuent à procéder ainsi.

Cette seconde réunion importante est suivie d'une autre en mai ou en juin, où il est procédé au dépouillement des votes quelques jours avant l'assemblée générale. Depuis quelques années, nous avons pris l'habitude d'y joindre un premier

examen de la liste, qui nous est présentée pour les boursiers
de séjour à l'étranger, parfois même de les désigner dès cette
époque.

La troisième réunion indispensable est celle qui suit le banquet; c'est dans cette séance que le Comité élit son bureau
au scrutin secret.

Depuis que le secrétariat est passé entre les mains de
Tranchau, ces élections au second degré ne nécessite-
raient aucune mention, si un certain doute n'avait longtemps
plané sur l'interprétation de l'article 7 où il est dit :

« Le président et les vice-présidents sont élus pour un an.
« Ils peuvent être réélus, mais seulement pendant les deux
« années suivantes. — Ensuite, un intervalle d'un an est
« nécessaire.

« La durée des fonctions des secrétaires et du trésorier
« n'est pas limitée, pourvu qu'ils soient réélus membres du
« Comité. »

Cet article qui ne dit pas que les secrétaires et trésorier
sont élus pour un an (comme les autres membres du bureau)
signifie-t-il que ces membres, une fois élus, restent indéfiniment dans leurs fonctions, pourvu qu'ils soient réélus
membres du Comité au renouvellement de leur mandat
triennal, mais sans avoir besoin d'être renommés par leurs
collègues chaque année ; ou, au contraire, cet article veut-il
dire simplement que ces membres sont soumis à la réélection du deuxième degré, tous les ans, comme le sont le président et les vice-présidents, mais qu'à la différence de ceux-
ci, ils peuvent être indéfiniment réélus, sans qu'il soit besoin
de leur faire subir un an de repos ?

La rédaction de l'article interprété littéralement semblerait
conseiller la première solution ; l'esprit dans lequel il a été
rédigé commande la seconde. Il s'agit de ne pas se priver du
concours des travailleurs principaux du bureau, il n'y a aucun
danger qu'ils briguent la conservation de leurs fonctions

dans un but vainement honorifique; mais il n'existe aucune espèce de raison pour qu'ils puissent continuer à s'imposer, si les autres membres du Comité ne leur reconnaissent plus une aptitude suffisante. Comme les membres sortants et rééligibles sont, d'après le résultat de toutes les élections, toujours réélus membres du Comité par les électeurs du premier degré, les secrétaires et le trésorier pourraient alors s'éterniser dans leurs emplois, si bon leur semblait, contre le gré de leurs collègues.

Ce fut la seconde solution qui finit par prévaloir, mais les hésitations ne prirent fin qu'en 1909; jusque-là, tantôt on votait pour eux, tantôt on ne les soumettait pas à la réélection. Un usage sembla même s'établir à un certain moment : soumettre à la réélection ceux des secrétaires et trésorier dont le mandat triennal comme membres du Comité venait d'être renouvelé, et ne plus les soumettre à un nouveau vote du Comité pendant 3 ans.

Enfin, depuis 1909, l'interprétation restrictive a définitivement prévalu, et, tous les ans, le Comité vote pour tous les membres du bureau.

Nous ne croyons pouvoir mieux terminer cet aperçu du rôle du Comité d'administration qu'en citant ceux de nos camarades qui ont été le plus souvent à sa tête, ou en ont fait partie le plus longtemps.

Greffler, membre, vice-président ou président pendant. . . . . 33 ans.

Jahan, président ou président d'honneur pendant. . . . . 30 —

Levé (A.), membre, secrétaire ou vice-président pendant. . . . . 28 —

Tranchau (H.), membre, secrétaire ou vice-président pendant. . . . . 27 —

Masson (Léon), membre, vice-président ou président pendant. . . . . 19 —

Dessaux (G.), membre ou vice-président pendant.. 18 ans.

Meunier, trésorier pendant................... 18 —

Fougeron (E.), membre pendant .... 18 —

Dubec (A.), membre, vice-président ou président pendant .. .. 17 —

Latour (R.), membre ou vice-président pendant 16 —

Touche (A.), membre ou vice-président pendant 12 —

Besançon (F.), membre, vice-président ou président pendant......................... .... 10 —

Reynoird (E.), membre pendant ....:..... 10 —

Nous citerons tous les autres dans le tableau ci-contre qui
reproduit, année par année, la composition du Comité d'administration et du bureau pendant un demi-siècle :

COMPOSITION DU BUREAU ET DU COMITÉ DE 1863 à 1912

ANNÉES	PRÉSIDENT D'HONNEUR	PRÉSIDENT	VICE-PRÉSIDENTS	SECRÉTAIRE GÉNÉRAL	SECRÉTAIRE ADJOINT	TRÉSORIER	AUTRES MEMBRES DU COMITÉ	PROVISEUR
1863	Fondation – sans statuts –						sans bureau – sans comité	
1864	Bolavillière	Jahan	Greffier	Dubreuil			Dubec (J.), Homassel, Jousselin, Lefloch, Loiseleur, Salmon, Tranchau.	Tranchau
1865	id.	id.	id.	id.			Caron, Dubec (J.), Homassel, Jousselin, Lefloch, Loiseleur, Pelé, Salmon, Tranchau.	id.
1866	id.	id.	id.	id.			Brécheux, Caron, Chevallier (H.), Dubec (J.), Lefloch, Loiseleur, de Monvel (B.), Salmon, Tranchau.	id.
1867	id.	id.	id.	id.			Brécheux, Caron, Chevallier (H.), Fournier (C.), de Monvel (B.), de la Noue-Billaut, Sabatier, Tranchau.	id.
1868	id.	id.	id.	id.			Brécheux, Brière, Chevallier (H.), Diard, Fournier, Janse, de Monvel (B.), de la Noue-Billaut, Sabatier.	id.
1869	id.	id.	id.	id.			Diard, Fougeron (E.), Fournier (C.), Jamet, Janse, Jullien (J.), de la Noue-Billaut, Sabatier, de Vaugrigneuse.	id.
1870	id.	id.	De la Noue-Billaut	id.			Diard, Fougeron (E.), Jamet, Janse, Jullien (J.), Rogier, Trutteau, de Vaugrigneuse.	id.
1871	id.	id.	id.	id.			Pas d'élections. — Même composition.	id.
1872	id.	id.	id.	Capelle		Jullien (Jules)	Diard, Fougeron (E.), Greffier, Jamet, Janse, Jullien (J.), Rogier, Trutteau, de Vaugrigneuse.	id.
1873	id.	id.	Greffier Tranchau	Vapereau		id.	Boulland, Fougeron (E.), Genty, Jamet, Jullien (J.) Rogier, Sabatier, Trutteau, de Vaugrigneuse.	Laprevote
1874	id.	id.	id.	id.		id.	Bordas, Boulland, Fougeron (E.), Genty, Jousselin, Poumet, Rogier, Sabatier, Trutteau.	id.
1875	id.	id.	id.	id.		id.	Bordas, Boulland, Gramain, Genty, Jousselin, de Morogues, Pierre (Ch.), Poumet, Sabatier.	id.
1876	id.	id.	id.	id.		id.	Bellanger, Bordas, Chipault, Donatis, Gramain, Jousselin, de Morogues, Pierre (Ch.), Poumet.	id.
1877	id.	id.	id.	id.		id.	Bellanger, Bernier, Chipault, Cornu, Donatis, Fousset, Gramain, de Morogues, d'Orléans.	id.
1878	id.	id.	id.	id.		id.	Auvray (H.), Bellanger, Bernier, Boucheron, Chipault, Cornu, Donatis, Fousset, d'Orléans.	id.

4

ANNÉES	PRÉSIDENT D'HONNEUR	PRÉSIDENT	VICE-PRÉSIDENTS	SECRÉTAIRE GÉNÉRAL	SECRÉTAIRE ADJOINT	TRÉSORIER	AUTRES MEMBRES DU COMITÉ	PROVISEUR
1879	Boisvilliers	Jahan	Greffier Tranchau (H.)	Vapereau suppléé par Tranchau		Bellanger	Auvray (H.), Bernier, Bordas, Boucheron, Cornu, Fougeron (E.), Fourchault, Fousset, d'Orléans.	Dalimier
1880	id.	id.	id.	Tranchau (H.)		id.	Auvray (H.), Bernier, Bordas, Boucheron, Fougeron (E.), Fourchault, Heurteau, Lafontaine, Levé, Ménard (Dr).	id.
1881	id.	id.	Greffier Richault	id.		id.	Barboux, Bordas, Croissandeau (J.), Fougeron (E.), Fourchault, Heurteau, Lafontaine, Levé, Ménard.	id.
1882	id.	id.	id.	id.		Meunier	Barboux, Brouardel, Chipault, Croissandeau, Dubec (A.), Heurteau, Lafontaine, Levé, Ménard.	Sommier
1883	id.	id.	id.	id.		id.	Barboux, Bernier, Brouardel, Chipault, Croissandeau, Dubec, Fougeron, Gassot (Dr), de Jonquières, Masure.	id.
1884	id.	id.	Greffier Dubec (A.)	id.		id.	Bellanger, Bernier, Chipault, Fougeron (E.), Gassot, de Jonquières, Lafenestre, Masure, Trutteau, Vapereau.	id.
1885	id.	id.	id.	id.		id.	Bellanger, Bernier, Donatis, Fougeron (E.), Gassot, Janse, Lafenestre, Masure, Trutteau, Vapereau.	id.
1886		id.	id.	id.		id.	Bellanger, Boussion, Donatis, Janse, Lafenestre, Marin (O.), Martenot, Rabier (F.), Trutteau, Vapereau.	Lafèteur
1887		id.	id.	id.		id.	Bailly, Bernier, Boussion, Croissandeau (J.), Donatis, Janse, de Jonquières, Marin (O.), Martenot, Rabier.	id.
1888			id.	id.	Levé	id.	Auvray, Bernier, Boussion, de Jonquières, Marin (O.), Martenot, Rabier (F.), Touche.	id.
1889	Jahan	Dubec (A.)	Greffier Touche (A.)	id.	id.	id.	Auvray, Bernier, Fauconnier, Fougeron (E.), de Jonquières, Jullien, Lachouque, Refoulé.	id.
1890	id.	id.	id.	id.	id.	id.	Auvray, Donatis, Fauconnier, Féréol (Dr), Fougeron (E.), HalmaGrand, Lachouque, Refoulé, Touche.	id.
1891	id.	id.	Greffier Landreloup	id.	id.	id.	Donatis, Fauconnier, Féréol, Fougère, Fougeron, HalmaGrand, Lachouque, Refoulé, Touche.	id.
1892	id.	id.	id.	id.	id.	id.	Arnoux (A.), Bordier (Ch.), Donatis, Fougère, HalmaGrand, Masson (L.), Reynoird (E.), Robineau-Breton, Touche.	id.
1893	id.	id.	id.	id.	id.	id.	Arnoux (A.), Bordier (Ch.) Courtin (L.), Delpech, Dessaux, Fougère, Latour, Reynoird (E.), Robineau-Breton, Touche.	Simon
1894		Greffier	Dubec (A.) Latour	id.	id.	id.	Arnoux (A.), Bordier (Ch.) Courtin (L.), Delpech, Dessaux, Landreloup, Rabier (F.), Reynoird (E.), Robineau-Breton.	id.
1895			id.	id.	id.	id.	Courtin (L.), Delpech, Dessaux, Donatis, Driault, Landreloup, Luizy (Dr), Masson, Rabier.	Dujarier

ANNÉES	PRÉSIDENT D'HONNEUR	PRÉSIDENT	VICE-PRÉSIDENTS	SECRÉTAIRE GÉNÉRAL	SECRÉTAIRE ADJOINT	TRÉSORIER	AUTRES MEMBRES DU COMITÉ	PROVISEUR
1896		Greffier	Dubec (A.) Latour	Levé	Bordier (C.)	Meunier	Arnoux (A.), Courtin (L.), Donatis, Driault, HalmaGrand, Luizy (Dr), Masson, Ménard (Dr), Rabier.	Dujarier
1897		Dubec (A.)	Dessaux Masson	id.	id.	id.	Arnoux (A.), Arnoux (E.), Donatis, Greffier, HalmaGrand, Lachouque, Latour, Luizy (Dr), Ménard (Dr).	id.
1898		id.	id.	id.		id.	Arnoux (A.), Bezançon (F.), Bordier, Driault, Fougère, Halma-Grand, Houel (G.), Lachouque, Latour, Reynoird (E.).	id.
1899		Masson (L.)	Dessaux Touche	id.		id.	Anvray, Bezançon, Driault, Fauconnier, Fougère, Fougeron, Houel, Lachouque, Rabier (F.), Reynoird (E.).	id.
1900		id.	Fauconnier Touche (A.)	id.	Brucy (Hors Comité)	Lachouque	Bezançon, Boulle, Brouardel, Delpech, Lessaux, Driault, Fougeron, Houel, Rabier, Reynoird (E.).	id.
1901		id.	id.	id.	Brucy	id.	Boulle, Brouardel, Delpech, Dessaux, Fougeron, HalmaGrand, Jalaguier, Rabier, Robineau-Breton.	id.
1902		Ménard (Dr)	Fauconnier Masson	id.	id.	id.	Boulle, Brouardel, Delpech, Dessaux, HalmaGrand, Jalaguier, Latour, Robineau-Breton, Touche.	id.
1903		id.	Latour Masson	id.	id.	id.	Bezançon, Fauconnier, HalmaGrand, Jalaguier, Levasseur (P.), Marin (G.), Pompon, Robineau, Touche.	id.
1904		id.	id.	id.	id.	id.	Bezançon, Dessaux, Fauconnier, Fougeu (P.), Levasseur, Marin (G.), Pompon, Reynoird (E.), Touche.	Castaigne
1905		Bezançon (F.)	Latour Ménard (Dr)	id.	Bredif	id.	Arnoux (A.), Brucy, Dessaux, Fougeu (P.), Levasseur, Marin (G.), Masson, Pompon, Reynoird.	id.
1906		id.	Dessaux Masson	id.	id.	Fougeu (P.)	Arnoux (A.), Brucy, Lachouque, Latour, Léger (E.), Ménard (Dr), Reynoird, Robin, Ronceray.	id.
1907		id.	Dessaux Ménard (Dr)	id.	id.	id.	Arnoux (A.), Delpech, Lachouque, Latour, Léger (E.), Masson, Pompon, Robin, Ronceray.	id.
1908		Masson (L.)	Bezançon (F.) Robin	id.	id.	id.	Delpech, Dessaux, Detchemendy (F.), Lachouque, Léger (E.), Lepage, Ménard (Dr), Pompon, Ronceray.	id.
1909		id.	Dessaux Robin	id.	id.	id.	Angenault, Bezançon, Delpech, Detchemendy (F.), Latour, Lepage, Pompon, Refoulé, Reynoird (E.).	id.
1910		id.	Dessaux Levé	Bredif	Detchemendy (F.)	id.	Angenault, Bezançon, Desfossé, Godefroy, Latour, Lepage, Refoulé, Robert de Massy (R.), Robin.	id.
1911		Bezançon (F.)	Latour Levé	id.	id.	id.	Angenault, Bouchery, Brucy, Desfossé, Dessaux, Godefroy, Masson, Robert de Massy (R.), Robin.	Chauvin
1912		id.	Dessaux Masson (L.)	id.	id.	id.	Bouchery, Brucy, Desfossé, Godefroy, Latour, Léger (E.), Lepage, Levé, Tranchau.	id.

IV

LES SECOURS. — LA BOURSE.
LES FRAIS D'ÉTUDES.

Dans les précédents paragraphes, nous avons étudié la constitution de l'Association et sa vie générale ; nous devons parcourir maintenant un autre domaine : celui des services qu'elle a rendus ou essayé de rendre à ses associés, aux anciens élèves même non inscrits sur ses contrôles, aux études et au Lycée lui-même.

Le premier but poursuivi est, nous l'avons fait remarquer dès la première page, de venir en aide aux camarades malheureux : que la mauvaise fortune se soit gratuitement appesantie sur eux, ou qu'ils se soient insuffisamment défendus contre elle, à la condition seulement que leur honorabilité n'ait pas été sérieusement entamée.

La réalisation de ce but est, nous le proclamons bien haut, le premier des soucis de tous ceux qui vous ont administrés jusqu'ici, et nous estimons, contrairement à l'avis de quelques camarades qui auraient voulu lui substituer comme but principal celui d'assurer d'abord la prospérité du Lycée, que : créés pour cela, nous ne pouvons le faire passer au second plan ni même à un premier plan *ex æquo* sans méconnaître la raison d'être primordiale de l'Association.

Ce but satisfait, alors seulement nous pouvons regarder l'autre que nous définirons, non pas sous l'apparence d'une aide générale à la prospérité du Lycée, mais sous la forme plus précise d'encouragement aux études, ce qui exclut l'aide financière au Lycée, c'est-à-dire à l'Etat.

§ 1er. — Les Secours.

Nous ne pouvons entrer, sur cette matière, dans de grands détails ; les camarades qui, jeunes encore, ont besoin d'une aide financière momentanée nous ont toujours trouvés prêts à leur être utiles ; ceux qui, arrivés à l'âge où le travail est devenu difficile ou impossible, ont fait appel à nous, nous ont encore trouvés prêts à leur faciliter les derniers jours de leur existence, et à nous occuper de leurs fils, même de leurs veuves.

L'attribution de ces secours nécessite toujours de notre part une enquête discrète, confiée généralement à un seul d'entre nous. Cette discrétion est absolue, et nous ne croyons pas qu'il y ait eu un seul exemple de divulgation si ce n'est par le bénéficiaire lui-même.

Cependant, pour éviter des abus qui tendaient à se produire aussi bien dans les demandes de bourses que dans les demandes de secours, le Comité a décidé, dans sa séance du 22 décembre 1906, que le postulant devrait répondre à un questionnaire préparé à l'avance, permettant de connaître exactement sa situation pécuniaire et ses charges. Ce questionnaire, rempli et signé par lui, est communiqué au Comité, qui ne statue qu'après l'avoir examiné et, au besoin, contrôlé ; puis il est enfoui dans les archives.

Depuis 1880, les secours distribués se sont répartis sur une centaine de camarades ; leur importance annuelle est aussi variable que les besoins : 3,144 francs en 1892 et 302 francs en 1899. Leur moyenne est de 2,300 francs pendant les cinq dernières années. Leur total, depuis la fondation, atteint 70,000 francs.

Ajoutons que jamais il n'est accordé un secours sous forme de prêt ; quelques essais malheureux, au début, n'ont jamais été renouvelés. Il est entendu, toutefois, que le camarade secouru conserve l'obligation morale de rendre à notre masse ce qu'il en a reçu s'il revient à meilleure fortune, mais il est probable que le cas se produit rarement, car nous n'avons enregistré qu'une fois, en 1874, un remboursement de cette nature (75 fr.). Nous aimons à croire que les malheureux le sont restés plutôt que de leur prêter un sentiment d'ingratitude. La plus grande marque de gratitude que nous recevions et qui nous touche est de voir le camarade antérieurement secouru venir à nous, après s'être un peu relevé, se faire inscrire comme sociétaire ou même racheter sa cotisation.— Car une bonne partie de nos secours va à d'anciens élèves ne faisant pas partie de l'Association ; ils se souviennent d'elle au moment où ils en ont besoin et leur reconnaissance consiste à la connaître encore quand ils ne lui demandent plus rien. Ceux-là, ce sont les bons ; à côté, il y en a d'autres qui appliquent le principe humain d'après lequel c'est celui qui donne qui s'attache à celui qu'il secourt et non le secouru qui doit de la reconnaissance à son bienfaiteur. Parmi ceux-là, nous en connaissons dont, en réalité, nos secours ont fait des ennemis. Qu'importe ! Le bien n'est-il pas toujours fait ?

Notre Association présente donc cette différence avec les sociétés de secours mutuels que, si nous pratiquons la devise : Tous pour un, un pour tous, le second principe de la mutualité : il faut secourir avant d'être secouru, n'est pas connu chez nous. Aussi notre Société n'est-elle ni une tontine, comme on parlait en 1863, ni une mutuelle ; elle est et restera ce qu'elle doit être d'après ses statuts : une Société d'amis et de bienfaisance.

§ 2. — La Bourse de fondation

Les statuts de 1890, qui nous régissent actuellement indiquent dans leur article 2 qu'après les secours, le Comité doit : « fournir aux fils d'anciens condisciples sans fortune les « moyens de faire leurs études au Lycée d'Orléans, et même « de les compléter au delà dans des écoles spécial s. »

Et l'article 19, suivant le même ordre d'idées prescrit que le montant des ressources de la Société est destiné : 1° aux secours; 2° à fonder des bourses perpétuelles ou temporaires au profit *exclusif* de fils d'anciens élèves du Lycée d'Orléans.

La mission est bien précise actuellement : par bourses fondées ou par bourses temporaires, c'est-à-dire par paiement des frais d'études, l'Association permettra à des anciens élèves sociétaires ou non sociétaires, de placer leurs enfants au Lycée.

Elle fut plus imprécise et plus large dans les statuts précédents : le Comité pouvait disposer de fonds, même en faveur d'enfants d'étrangers à la fois à l'Association et au Lycée, pourvu que les études fussent faites au Lycée d'Orléans.

Dans chaque période la règle prescrite par les statuts fut exactement appliquée.

Jusqu'en 1876, ce rôle éducateur fut financièrement rempli sous la forme d'une allocation annuelle, à peu près invariable, de 1,000 francs, versée à l'économat et distribuée par les soins de **Tranchau,** proviseur, puis à partir de 1872, sous son contrôle immédiat, très probablement sur avis conforme du Comité; le défaut de registres nous interdit d'être plus explicite. De 1877 à 1879, les versements à l'économat n'offrent plus l'aspect d'un chiffre rond; il est donc probable que le Comité vota directement les frais d'études de tel et tel élève.

En 1879, la prudente gestion de nos premiers administrateurs avait mis l'Association à la tête d'un capital composé de 8,000 francs en espèces, 600 francs de rente 3 % et 850 fr. de rente 5 %. L'assemblée générale avait décidé la fondation d'une bourse, objet des désirs ardents des premiers membres. Ils furent alors réalisés.

Le texte du décret qui l'autorise n'a jamais été publié, le voici :

DÉCRET (23 juillet 1879)

LE PRÉSIDENT DE LA RÉPUBLIQUE FRANÇAISE,

Sur le rapport du Ministre de l'Instruction publique et des Beaux-Arts;

Vu le décret du 12 mai 1875 reconnaissant l'Association des anciens élèves du Lycée d'Orléans, comme établissement d'utilité publique;

Vu la délibération en date du 10 juin 1878 par laquelle l'assemblée générale de cette Association exprime l'intention de fonder, à titre perpétuel, une bourse d'interne en faveur d'un fils d'ancien élève du Lycée d'Orléans;

Vu la situation financière de l'Association;

Vu l'avis favorable du bureau d'administration du Lycée d'Orléans;

Vu l'avis favorable du vice-recteur de l'Académie de Paris;

La section de l'Intérieur, de la Justice, de l'Instruction publique, des Cultes et des Beaux-Arts du Conseil d'Etat entendue :

DÉCRÈTE :

ARTICLE PREMIER

Le proviseur du Lycée d'Orléans est autorisé à accepter la libéralité résultant pour cet établissement de la délibération ci-dessus visée, par laquelle l'assemblée générale de l'Association des anciens élèves du Lycée d'Orléans a voté la fondation, à titre perpétuel, d'une bourse d'interne au Lycée d'Orléans, en faveur d'un fils d'ancien élève du Lycée et a affecté à cette destination un titre de rente de 800 francs; le titre de rente sera immatriculé au nom du Lycée d'Orléans avec mention sur l'inscription, de la destination des arrérages.

ART. 2

Le Ministre de l'Instruction publique et des Beaux-Arts est chargé de l'exécution du présent décret.

Fait à Paris, le 23 juillet 1879.

Signé : Jules GRÉVY.

Par le Président de la République.

*Le Ministre de l'Instruction publique
et des Beaux-Arts,*

Signé : Jules FERRY.

Pour ampliation,

Le directeur de l'Enseignement secondaire,

Signé : Ch. ZEVORT.

L'acquisition de ce titre coûta à l'Association 22,501 francs 45 centimes.

Cette fondation s'analyse en une donation faite au Lycée à charge, par lui, d'entretenir un élève interne, fils d'ancien élève.

Certaines difficultés se présentèrent sur l'interprétation de ce décret, difficultés ayant motivé la nomination d'une commission spéciale dont nous avons parlé plus haut.

Elles peuvent se résumer ainsi : les règlements administratifs publiés postérieurement à notre contrat de fondation peuvent-ils nous être appliqués, ou, au contraire ce contrat librement intervenu entre l'État et nous domine-t-il les règlements particuliers ou généraux qui lui sont postérieurs et ne sont l'œuvre que de l'une des parties?

Il n'y a pas d'intérêt immédiat à leur solution; les excellents rapports que nous entretenons avec l'administration du Lycée ont tranché, en fait, ces difficultés.

Les bénéficiaires de notre bourse entière furent au nombre de six; trois d'entre eux font le plus grand honneur à l'Association et deviendront certainement des « Têtes de chapitres » le nombre des bénéficiaires partiels est de sept. Aucun de ces treize pupilles n'eût pu faire d'études secondaires sans notre appui.

§ 3. — Les frais d'études

En dehors de l'attribution de la bourse de fondation, le Comité peut subvenir encore aux frais d'études de fils d'anciens élèves. Il n'y a pas d'années, depuis la fondation, où il n'en ait été attribué.

Depuis 1904, en vertu d'un décret spécial, les associations d'anciens élèves ont droit à une remise de 1/8 sur les frais d'études de tout pupille entièrement entretenu par elles. Si donc nous votons pour un externe une bourse d'externat de 180 francs, nous bénéficions d'une remise de 22 fr. 50 ; mais, si nous ne votons qu'une demi-bourse, ou si, ayant voté une bourse d'externat, l'enfant est placé externe surveillé, nous n'avons plus droit à la remise parce que nous ne supportons plus seuls la totalité des frais. Dès lors, le Comité a pris l'habitude, ou de voter le paiement total, ou d'accorder une allocation fixe : 100 francs, par exemple, qui est versée à l'économat par fraction trimestrielles.

Jusqu'à la réforme des statuts, en 1890, l'article 21, autorisant l'emploi des fonds en bourses temporaires au profit exclusif d'élèves du Lycée d'Orléans, pouvait permettre, par une interprétation large, assez peu en harmonie, il est vrai, avec le but de l'Association décrit à l'article 2, de faire bénéficier d'allocations des enfants qui ne fussent pas fils d'anciens élèves. Le Comité usa peu de cette faculté : de généreux camarades **(Sabatier, Pierre, Donatis)** mirent entre nos mains des sommes importantes dans ce but (près de 15,000 francs). Les statuts de 1890 ne laissaient plus cette latitude au Comité ; la générosité de la famille **Boyer** nous permit de reprendre la tradition. Enfin, elle lui rétablie complètement dans les circonstances suivantes : notre camarade **Donatis**, déjà donateur et ancien membre du Comité, nous fit, en mourant, un legs de 30,000 francs pour payer des bourses ou fractions de bourses à des élèves du Lycée, en souvenir d'une bourse qu'il avait obtenue de l'Etat en 1827, et sans laquelle il n'eût pu recevoir une instruction complète.

Le Comité, dans sa séance du 28 octobre 1904, donna une interprétation large à cette disposition testamentaire et, nous semble-t-il, exactement conforme aux intentions du testateur : il décida que les revenus de ces fonds, employés en rente 3%, et se montant annuellement à 873 francs, seraient appliqués tant *à des fils d'anciens élèves* qu'à *tous élèves indistinctement*.

Depuis cette époque, la plus grande partie de cette somme est appliquée à des élèves totalement étrangers à l'Association. Le Comité fait attention à ce qu'elle ne soit pas dépassée annuellement.

Il ne nous reste plus qu'une observation générale à présenter sur le mode d'attribution aussi bien de la bourse que des frais d'études.

Au début, la bourse de fondation était accordée à un enfant jusqu'à la fin de ses études, de même les autres frais d'études acquittés par nous devaient, en principe, être continués jusqu'à la sortie du Lycée. L'Association prenait, par un premier versement, l'engagement moral ou même réel de continuer à subventionner l'enfant jusqu'à la fin de ses classes. Ce système avait l'avantage de permettre aux parents de pouvoir compter sur notre appui, quoi qu'il arrive. Il avait l'inconvénient de nous laisser désarmés en présence d'une situation plus prospère des parents ou de l'incapacité reconnue de nos pupilles.

Aussi le principe fut-il renversé en 1905 et, désormais, les attributions ne sont plus faites que pour l'année scolaire ; la continuation de la bourse ou de la subvention, l'année suivante, dépend de la conduite et du travail de l'enfant pendant l'année précédente, des besoins des parents et de nos propres disponibilités. Est-il besoin d'ajouter que des raisons indiscutables sont seules capables de nous faire abandonner un pupille ?

Près de 120,000 francs ont été versés au Lycée pour pensions ou frais d'études depuis la fondation ; la moyenne annuelle, depuis 1910, dépasse 2,000 francs.

Depuis 1880, une soixantaine d'enfants ont bénéficié de notre appui pécuniaire et cependant nous n'en avons pas compté 15 parmi nos membres !

VII

ENCOURAGEMENTS AUX ETUDES

Dans cette partie de son rôle, l'Association sort du domaine de la bienfaisance et apporte au Lycée lui-même un concours efficace, au point de vue moral plus encore qu'au point de vue financier, puisqu'elle s'efforce, par l'attrait des récompenses, d'exciter l'émulation entre les élèves, de développer davantage ainsi les moyens de chacun d'eux et de porter les études à un degré supérieur propre à attirer au Lycée d'Orléans un plus grand nombre d'élèves.

§ 1er. — Médailles d'or

Dès l'origine, il fut décidé d'attribuer une médaille d'or au prix d'honneur de rhétorique, c'est-à-dire au discours latin, de 1864 à 1880 ; à la composition française, à partir de 1881.

De 1866 à 1906, cette médaille fut frappée au coin de l'Association. Ce coin était dû à la générosité d'un de nos membres, **Chauvin,** et au désintéressement du graveur **Duloz,** qui, « sans être de nos camarades, disait le président **Greffier,** a voulu être de nos amis ».

Nous en reproduisons le modèle ci-dessus.

Au banquet de 1878, **Bailly**, alors élève de rhétorique, fils de notre ancien professeur et camarade, exposa *en vers latins* que la classe de rhétorique se trouvait dédoublée et comprenait deux sections, l'une de vétérans, l'autre de jeunes, et sollicita de la générosité de l'Association la délivrance d'une seconde médaille, ce qui fut accordé. Même situation en 1887, 1888, 1898.

A l'assemblée générale de la même année (1878), le docteur **Gassot** proposa la création d'une seconde médaille en argent, pour les élèves de mathématiques ; l'idée fut acceptée, mais la réalisation renvoyée à l'année suivante. Il était question de créer, au Lycée, une classe de mathématiques spéciales, destinée à préparer les concours de l'École normale supérieure et de l'École polytechnique. Cette création ayant été réalisée en octobre 1879, l'Association décida de décerner tous les ans une seconde médaille d'or au prix d'honneur de mathématiques spéciales (composition de mathématiques).

S'il arrive que le prix soit remporté deux années de suite par le même élève, il y a lieu simplement à rappel de médaille ; des livres de valeur la remplacent à la distribution des prix.

Si bien qu'à partir de 1880, ce sont deux médailles d'or qui sont remises chaque année.

Depuis 1906, elles ne sont plus frappées au coin gravé par **Duloz**, qui a été brisé à la dernière frappe.

§ 2. — Prix

Afin d'augmenter l'émulation des élèves et de mieux signaler aux jeunes notre présence derrière eux, le Comité a, pour la première fois en 1905, décidé d'offrir quelques volumes en prix aux élèves des hautes classes du Lycée. Ces prix sont décernés annuellement au nom de l'Association avec mention spéciale sur le palmarès.

En outre, l'Association a distribué, pendant quelques années, des médailles en bronze et en argent pour prix de tir.

Ces diverses récompenses sont calquées sur celles du palmarès du Lycée ; deux autres sortent de ce cadre.

Au banquet de 1878, tenu à Orléans, le vent était sans doute, ce jour-là, fermement tourné dans cette direction, un de nos camarades Émile **Fougeron** apporta un superbe volume et le remit à l'un des juvéniles orateurs ; le Comité offrit la même récompense aux deux autres.

En 1880, même geste généreux du même camarade ; de même encore en 1886, puis, à partir de 1890, le don fut régulier : à chaque banquet orléanais, le même camarade offrait ou priait le Comité d'offrir en son nom un volume à un jeune ayant fait un long temps d'études au Lycée et s'étant distingué par sa bonne conduite, son application et ses progrès.

Non content de cette générosité, **Fougeron** en ajoutait une autre : un prix analogue fut décerné tous les ans, dans les mêmes conditions, à la distribution des prix du Lycée depuis 1881 jusqu'à sa mort (1909).

Le Comité ne voulut pas alors laisser tomber l'usage et c'est lui qui maintenant conserve la tradition et remet les volumes dans les mêmes circonstances et dans les mêmes conditions.

Ne terminons pas ce paragraphe sans rappeler deux actes de générosité : En 1867, Édouard **Fournier** venait de donner à Orléans une conférence qui lui avait été demandée par la municipalité et pourvue d'une allocation de 150 francs ; quelques jours après, au banquet, il pria le Proviseur de l'employer en achats de volumes destinés à être remis lors de la distribution des prix aux lauréats du prix d'histoire et du prix de discours français en rhétorique.

Par testament, **Tranchau** pria sa famille de remettre 150 francs à l'Association pour être employée, l'année de son décès, en livres de prix. Cette disposition reçut son exécution à la distribution de 1896.

5

§ 3. — Bourses de séjour à l'étranger

Une autre institution plus récente nous reste à mentionner, celle des bourses de séjour à l'étranger.

Les encouragements ci-dessus énumérés s'adressaient aux lettres et aux sciences, mais les langues vivantes restaient en dehors de nos préoccupations ; or, leur connaissance approfondie est hautement cotée dans les examens des écoles du Gouvernement : la vie commerciale et industrielle est impossible sans les relations avec l'étranger et la connaissance d'une ou deux langues vivantes.

Il y avait quelque chose à faire ; le Comité se mit à l'étude et, abandonnant le système des récompenses honorifiques, préconisa la création d'une bourse de séjour à l'étranger ; pendant cinq semaines environ un élève des classes supérieures serait mis à même de se familiariser avec la pratique de la langue apprise au Lycée, d'où grand avantage pour son bénéficiaire au point de vue de ses examens futurs ou de son avenir commercial. Le rapport présenté par **Bredif** à l'assemblée générale de 1908 fut approuvé ; celle-ci décida que cette création rentrait bien dans l'esprit de l'article 2 des statuts et chargea le Comité d'y procéder dans les conditions qu'il jugerait convenable.

Notre bourse n'était donc pas une fondation : rien n'obligeait le Comité à la décerner annuellement, rien ne l'obligeait à n'en décerner qu'une. C'était à lui d'apprécier, selon les résultats et selon les circonstances.

En 1908 et en 1909, chaque année, une bourse d'une valeur de 350 francs fut attribuée à un élève se préparant aux grandes écoles.

Le résultat dépassa les espérances, la bourse fut avidement recherchée et les deux bénéficiaires reçus, l'un à Polytechnique, l'autre à Saint-Cyr.

L'expérience ayant été concluante, le Comité, par délibération du 6 octobre 1909, mit à l'étude la création d'une seconde bourse ; **Bredif** dressa un nouveau rapport qui fut lu à l'assemblée générale de 1910.

Le Secrétaire, après avoir exposé les résultats, remarquait que le plus grand désir des professeurs et de l'administration du Lycée était de voir la bourse attribuée en vue de la réussite aux examens des grandes écoles, alors que les élèves se destinant à l'industrie ou au commerce ne paraissaient pas appelés à en bénéficier. Et cependant, pourquoi orienter autant les élèves vers la carrière de fonctionnaire ? Pourquoi notre sympathie et notre aide n'iraient-ils pas aussi à ceux qui peuvent propager notre influence et développer notre commerce à l'étranger ? Et il concluait à la création d'une seconde bourse destinée plutôt à donner satisfaction à ce dernier besoin.

L'assemblée approuva ce rapport ainsi que certaines indications qu'il contenait sur le mode d'attribution.

Ces bourses sont décernées selon les principes suivants :

1° Le Comité est toujours libre d'attribuer une seule bourse au lieu de deux et même de n'en attribuer aucune, selon les circonstances ;

2° Ces bourses constituent *une récompense* et *non un secours* ;

3° Pour éclairer son choix, il demande à M. le Proviseur de présenter une seule liste comprenant huit noms choisis parmi les élèves des hautes classes ayant fait de bonnes études dans une des deux langues : allemand ou anglais, dont trois au moins, si possible, pour l'anglais et avec la mention de la carrière à laquelle se destine l'élève : grandes écoles ou commerce.

Le Comité fait ensuite son choix, sans se croire tenu de procéder aux attributions dans l'ordre des présentations, car, tout en étant une récompense, ces bourses ne constituent pas un prix.

Les deux bourses furent attribuées en 1910, 1911 et 1912,

et chaque année un élève séjourna en Allemagne et un autre en Angleterre ; mais le cas pourrait se produire où elles pussent toutes deux être attribuées pour le même pays (1) ou même qu'une seule fût attribuée, les élèves du Lycée se destinant au commerce étant peu nombreux.

Nous publions en annexe la liste complète de tous les lauréats de nos médailles d'or, du prix **Fougeron** et des bourses de séjour à l'étranger ; les *Bulletins* annuels ne la reproduiront plus intégralement à l'avenir.

Pour entrer plus intimement encore dans la vie de nos jeunes camarades, l'Association subventione l'Union sportive du Lycée ; elle avait également subventionné la Société des Jeunes pendant sa courte existence (1904-1910).

---

(1) Il en sera ainsi en 1913; nos deux boursiers iront en Allemagne.

VIII

CRÉATIONS DIVERSES

L'Association ne se livre pas qu'à ces graves occupations ; elle collectionne aussi les souvenirs, d'où la création :

1° D'une bibliothèque ;

2° D'un album de photographies ;

3° D'un album amicorum.

Mais le plus important souvenir qu'elle veuille conserver est celui des camarades morts pour la patrie ou victimes du devoir.

§ I. — Souvenir aux morts

Le banquet de 1886 était présidé par le général **Delpech** ; celui-ci profita de l'occasion qui se présentait à lui pour entretenir ses auditeurs d'un projet qui lui était particulièrement cher : rappelant quelques noms de camarades tués en Crimée ou en 1870, il proposait de « perpétuer le souvenir « des anciens élèves du Lycée d'Orléans qui ont payé de leur « vie leur dette à la Patrie, en ouvrant des tables de marbre « où seraient inscrits leurs noms ».

Le Comité accepta l'idée d'enthousiasme, mais il eut la plus grande difficulté à se procurer des renseignements complets sur les circonstances du décès de ceux qui lui étaient signalés et, faute de pouvoir produire un travail certain, il ajourna la rédaction de la liste.

En 1893, **Tranchau** reprenait le projet à son compte, en entretenait l'assemblée générale d'abord, le Comité ensuite et le 3 juillet 1893 une commission était nommée, composée de **Landreloup, Levé** et **Dessaux**.

Un projet de plaque était présenté par **Grison**, marbrier, ancien élève du Lycée et membre de l'Association. Le

2 novembre suivant, une circulaire était envoyée à tous les sociétaires et à de nombreux anciens élèves pour essayer de réunir le plus de renseignements possible sur ceux des anciens tombés sur les champs de bataille au service du pays. Une liste provisoire fut dressée en 1894, mais **Tranchau** mourut avant que la liste définitive eût été arrêtée; **Landreloup** et **Dessaux** sortaient du Comité; la Commission avait cessé d'exister.

A la fin de 1910, nouvelle tentative et constitution d'une nouvelle Commission composée des membres du bureau, assistés de **Angenault**, membre du Souvenir Français. Elle se réunit aussitôt, nomma F. **Detchemendy** secrétaire-rapporteur et envoya un nouvel appel général. Les renseignements n'arrivèrent pas beaucoup plus nombreux ni plus explicites qu'en 1893; il y avait toujours grande difficulté à discerner les camarades morts en campagne, à la suite de blessures, de ceux qui avaient succombé à une maladie indépendante de la guerre, car les premiers seuls peuvent figurer sur la plaque avec ceux tombés sur le champ de bataille. Enfin, une liste définitive fut adoptée par le Comité entier dans la séance du 14 mars 1913, de façon à pouvoir inaugurer la plaque à l'occasion du cinquantième anniversaire de notre fondation. Le même jour, le Comité reconnaissait qu'une seule plaque était insuffisante pour inscrire les camarades qui tomberaient encore et en décida une seconde.

Voulant perpétuer également le souvenir de ceux qui, dans les carrières civiles, meurent victimes de leur dévouement au pays, elle ouvrit sur la plaque une seconde table : Aux Victimes du devoir.

Les plaques choisies ont une dimension de $2^m 26$ de haut sur $1^m 24$ de large ; elles portent en exergue : « Hommage des Anciens aux camarades morts pour la patrie ». Plus bas : « Victimes du Devoir. » La partie inférieure porte une palme et un drapeau ; les lettres sont gravées en rouge sur marbre blanc.

Leurs dimensions n'ont pas permis de leur trouver place au Parloir ; elles sont scellées dans le mur de façade, à droite et à gauche de la grande porte d'entrée du Lycée.

Voici la liste des noms qui y sont inscrits.

MORTS POUR LA PATRIE

HEZARD (LOUIS-ALEXANDRE), lieutenant au 3ᵉ bataillon de chasseurs (Algérie).. 1842

SCHOBERT (OSCAR), capitaine au 1ᵉʳ zouaves (Alma)......... 1854

LECOMTE (LOUIS), lieutenant au 50ᵉ d'infanterie (Mamelon-Vert)... 1855

MARCILLE (ÉMILE), capitaine au 49ᵉ d'infanterie (Sébastopol). 1855

TASTAYRE (GEORGES), sous-lieutenant (Traktir)............ 1855

ROUSSEAU (JULES), chef de bataillon au 1ᵉʳ zouaves (Melegnano)... 1859

PELLETIER (LÉON), capitaine d'artillerie de marine (Orléans). 1864

DUCROT (JULES), capitaine de génie (Strasbourg)............ 1870

ANDREU (HENRI), lieutenant au 26ᵉ d'infanterie (Nancy)...... 1870

COUTURIER (LUCIEN), lieutenant de chasseurs à pied (Rezonville)... 1870

GRANVEAU (LUCIEN), sergent des mobiles d'Eure-et-Loir (Lorges).. 1870

BENOIST (CAMILLE), capitaine adjudant-major (Saint-Quentin). 1871

ARCHAMBAULT (GEORGES), capitaine au 38ᵉ de ligne (Vichy). 1873

DUCOS (EMMANUEL), sergent d'infanterie de marine (Saïgon).. 1874

DENIZEAU (ALFRED), capitaine d'artillerie de marine (Saint-Louis, Sénégal)... 1881

DUCHÉ (PIERRE), sous-lieutenant au 23ᵉ d'infanterie (Bac-Ning) 1885

JOUDIAU (LUCIEN), capitaine aux tirailleurs tonkinois (Quang-Yen).. 1885

LESPIEAU (FRÉDÉRIC), capitaine d'infanterie de marine (Djenné-Marala, Soudan).. 1893

COUESNON (RENÉ), brigadier au 50ᵉ d'artillerie (Tunisie)...... 1893

LECERF (PAUL), sous-lieutenant d'infanterie de marine (Bayla, Soudan).. 1894

HOSSINGER (XAVIER) capitaine au 4ᵉ régiment d'infanterie de marine (Tamboura Haut-Oubangui)...................... 1896

PORCHER (CHARLES), lieutenant au 1ᵉʳ tirailleurs tonkinois (Ré-San, Tonkin).. 1899

DIACRE (JULES), capitaine de frégate (rapide du Mékong).... 1903

BRULÉ (GASTON), lieutenant d'infanterie coloniale (Drigelé, Soudan).. 1910

VICTIMES DU DEVOIR

CORPECHOT (EDOUARD), garde national (Paris) 1848
GARAPIN (AMÉDÉE), garde national (Paris).................. 1848
PEREIRA (ALFRED), préfet du Loiret...................... 1871
D'OLIER (JULES-HENRI), interne à l'hôpital Saint-Antoine
(Paris)...... ....•........................... 1881

En dehors de cet hommage collectif aux camarades qui se sont sacrifiés à leur pays ou à la science, l'Association a commémoré de façons différentes le souvenir de plusieurs qui lui ont particulièrement appartenu : notre **Tranchau** a son médaillon au parloir du Lycée, reproduction du médaillon de bronze que l'Association a fait placer sur son tombeau ; l'éminent philologue **Bailly** a son portrait en héliogravure au parloir du Lycée, offert par l'Association.

Et, chaque année, la réunion générale ne se passe pas sans que le Président ou le Secrétaire consacre quelques instants au souvenir des sociétaires morts dans l'année : c'est la notice nécrologique. La liste générale en est longue ; elle comporte près de 500 noms ; nos lecteurs la trouveront tout entière aux annexes.

§ 2. — Bienfaiteurs et sociétaires perpétuels

Les différents buts assignés à l'Association par ses fondateurs, buts qui n'ont jamais été modifiés par aucune des réformes des statuts, mais plutôt réglementés, ont eu l'heureux résultat de provoquer de nombreux dons et legs presque annuellement répétés.

Quel plus bel éloge en faire !

Si nous y comprenons les deux legs de cette année pour l'encaissement desquels nous n'attendons que l'autorisation administrative, le montant total encaissé à ce titre s'élève au chiffre de 60,000 francs.

Ces donations ont été faites, tantôt sans condition, tantôt

dans un but déterminé, plusieurs fois en souvenir de camarades qui sont morts sans avoir racheté leur cotisation.

Ce dernier cas est celui de **Mme Lesguillon,** dons en souvenir de son mari, notre poète de 1864 à 1872 ; de **Mme Duvau,** en souvenir de son fils, professeur suppléant au Collège de France ; de **Mme Bailly,** en souvenir de son mari, élève du Lycée, de 1846 à 1852, professeur au Lycée de 1871 à 1887, membre de l'Association depuis sa fondation, membre du Comité en 1887.

Edouard **Fournier** et Hippolyte **Tranchau** ont donné ou légué pour volumes à donner en prix ; Emile **Fougeron** a donné pendant 30 ans le prix qui porte son nom.

Le docteur **Sabatier,** Charles **Pierre,** la famille **Boyer,** Auguste **Donatis** ont versé plus de 15.000 francs à l'Association pour pensions d'élèves ; ce dernier a voulu que ses libéralités annuelles lui survécussent ; en mourant il nous laissait 30.000 francs à cette fin ; leur emploi en rente sur l'Etat constitue un fonds spécial qui porte son nom : Fonds **Donatis** (873 francs de rente).

Beaucoup de sociétaires ont fait de modiques dons sous le voile de l'anonymat.

Les principaux autres donateurs sont : **Landreloup,** ancien vice-président ; Fernand **Caillard** et amiral **Gourdon.**

Nous avons même reçu des libéralités du baron Achille **de Morogues,** qui n'était pas ancien élève du Lycée, mais qui portait le plus grand intérêt à notre Société.

Les noms de nos bienfaiteurs figurent sur un tableau accroché en place d'honneur au parloir.

Il a pour pendant celui qui contient le nom de nos sociétaires perpétuels, car eux aussi sont nos bienfaiteurs, puisqu'aux termes des statuts le prix du rachat doit être employé en rentes sur l'Etat inaliénable ; c'est là notre réserve statutaire.

Nous donnons aux annexes la liste rectifiée de nos bienfaiteurs et des sociétaires perpétuels.

C'est grâce à eux que l'Association a pu constituer un capital important dont les revenus permettent maintenant au Comité de donner annuellement le double de ce que lui permettrait l'encaissement des seules cotisations.

§ 3. — Bibliothèque

Nous avons rappelé dans l'article consacré aux statuts qu'en 1873 était apparu un nouvel article demandant à chaque camarade d'offrir à l'Association un exemplaire de tout ouvrage ou de toute brochure qu'il ferait imprimer ; cette nouveauté était due à une motion présentée à l'assemblée générale par M. **Petit,** ancien proviseur du Lycée.

L'Administration nous concéda une vitrine dans la bibliothèque des professeurs où se tiennent maintenant nos réunions. Elle fut longue à se remplir : deux ans après, en 1875, elle ne comprenait encore que huit brochures ; en 1882 elle comptait 92 numéros comportant 100 volumes ou brochures. Cet afflux était dû au don de J. **Croissandeau,** qui non content de nous déposer son *Roman de la Rose,* avait offert à l'Association 28 volumes et 5 brochures des œuvres d'Edouard **Fournier.** Actuellement le catalogue, que nous publions intégralement aux annexes indique plus de 500 numéros. Et nous pouvons répéter ce que disait **Tranchau** dans le *Bulletin* de 1882 : « Voilà toutes nos richesses ! Combien elles seraient
« plus considérables si tous les anciens élèves et tous les
« anciens fonctionnaires du Lycée nous faisaient don de
« leurs œuvres. »

Cet appel n'a pas été entendu des fonctionnaires ; trop peu deviennent orléanais ; il ne l'a été que des anciens élèves membres de l'Association. En compensation quelques-uns ne publient pas une page qui ne nous soit envoyée ; dans ceux-là nous rangeons actuellement en tête Maxime **de la**

Rocheterie, dont le premier envoi remonte à la création de la bibliothèque et le dernier à cette année même ; et Ernest **Jovy,** le savant professeur de Vitry-le-François.

Il serait injuste de clore ce paragraphe sans mentionner un superbe album des photographies recueillies par le général **Trumelet-Faber,** au cours de ses campagnes et les dons intéressants de Paul **Fougeu,** notre trésorier actuel, tous relatifs aux vieilles études du collège.

§ 4. — Les Albums

Créer une Association et la nantir d'un capital, telle fut la première œuvre ; conserver le souvenir des disparus était un complément indispensable ; si la notice nécrologique les retrace, il est rare qu'elle puisse les faire revivre ; leur vie, leurs qualités morales nous apparaissent bien, mais leurs traits nous manquent : ce vide est comblé par les albums de photographies.

L'idée naquit en 1882 ; **Tranchau** encore en était le père et c'était de toutes ses créations, nous pourrions dire de ceux de ses enfants qu'il nous a donnés, celui qu'il chérissait le plus ; presque dans chaque *Bulletin* depuis cette époque, il faisait un appel aux camarades pour augmenter la collection des portraits. Tout le monde ne pose-t-il pas devant l'objectif ? C'est présumable, car, s'il put remplir un superbe album de 250 cases et même en préparer un second, ce dernier présente encore une centaine de places inoccupées qui ne demandent qu'à ne plus l'être ; si elles font la grève des bras croisés, c'est bien contre leur gré, et à ceux qui nous liront et dont la tête n'est pas incrustée dans l'album, nous dirons : « A bon entendeur, salut ! »

Les derniers envois sont de notre président **Bezançon** et de quelques membres du Comité parmi lesquels nous trouvons notre vice-président Léon **Masson,** toujours prêt à bien faire.

Ces albums étaient autrefois apportés dans la salle du banquet avec l'*album amicorum*, autre création due à l'initiative de **Tranchau** ; il aurait voulu que chacun y inscrivit en vers ou en prose, par la plume ou le pinceau selon son talent, un morceau, une phrase, une idée. Bien peu y consentirent. Le dîner ne dispose pas sans doute à ce genre de sport. Mais on peut emporter l'album chez soi et y travailler... à condition de le rapporter. Ici encore nous dirons : « A bon entendeur, salut ! »

IX

LA TRÉSORERIE

Les statuts de l'Association, qui autorisent la longue durée des fonctions des secrétaires afin d'assurer une certaine unité dans la direction des affaires, permettent également au trésorier de conserver longtemps la gestion des deniers ; depuis cinquante ans, nous n'en sommes qu'au sixième secrétaire général et nous n'avons pas encore usé notre sixième trésorier.

Jusqu'en 1871, les deux fonctions étaient confondues entre les mains de **Dubreuil**, mais, en 1872, le nombre des membres ayant atteint la quatrième centaine, il fut indispensable d'avoir un secrétaire et un trésorier distincts.

Ces dernières fonctions, pour être moins délicates que celles du secrétaire, n'en sont pas moins, avec le temps, devenues de plus en plus chargées : le recouvrement des cotisations est toujours long et souvent ingrat ; l'envoi des secours nécessite des expéditions nombreuses de mandats, surtout dans des années comme 1912-1913 où ils ont atteint 3,675 francs ; les règlements à la caisse de l'Economat, l'encaissement des coupons, le paiement d'une quantité de notes diverses, bref, le maniement de près de 20,000 francs annuellement en plus de 600 articles constitue une véritable charge. Et cependant, pas un de ceux qui l'ont supportée ne s'est retiré faute de forces ni ne s'est récompensé illégalement de son travail. Nous croyons même que l'un d'eux a dû faire jadis une petite erreur d'addition à son détriment. Il ne serait pas charitable de la relever aujourd'hui et nous admettrons que nous possédons un bienfaiteur anonyme d'un nouveau genre puisqu'il s'ignore lui-même.

Les seules pertes que nous subissions, mais elles se reproduisent annuellement, consistent dans le non-paiement des cotisations, prélude ordinaire des démissions. Leur importance a varié de 2 % par an, en 1903, jusqu'à 23 % en 1892 et 1894. Elle dépend beaucoup de la rigueur du Comité dans l'application de l'article 15 des statuts qui prévoit la radiation de tout associé qui aura laissé passer deux années sans payer sa cotisation, sauf les circonstances dont le bureau est juge. En pratique, très rares sont les radiations prononcées au bout de deux ans; c'est le plus souvent après quatre et cinq ans de refus répétés et de non-réponse aux lettres de rappel que cette mesure extrême est décidée. Il est inutile, en effet, de conserver sur notre liste des noms qui ne servent qu'à la grossir et ce n'est certes pas le Comité actuellement en fonctions qui laisserait le nombre des sociétaires osciller aux environs de 700, par exemple, alors que 150 membres ne paieraient pas leurs cotisations, comme le fait s'est produit au moment des gros effectifs.

Une mésaventure est survenue cependant dans nos finances, en 1900 : la chute du Comptoir d'Escompte d'Orléans où étaient déposés nos fonds, s'élevant à 7,257 fr. 04, nous a causé les plus vives alarmes; la perte définitive a cependant été moins importante qu'il n'y avait lieu de le redouter tout d'abord, puisqu'elle n'a pas dépassé 25 %. La leçon avait porté et, depuis cette époque, ce ne sont pas les caisses particulières, même honorablement connues, qui reçoivent nos dépôts, c'est la Caisse d'Épargne, auprès de laquelle nous avons pu obtenir l'autorisation, à titre d'association de bienfaisance, d'y déposer jusqu'à 15,000 francs.

Un préjudice plus grave nous a été causé par les conversions successives de la rente française : en 1885, nous possédions 250 francs de rente 5 %; l'année suivante, une première conversion en 4 1/2 nous ramenait à 225 francs de rentes; en 1895, notre 4 1/2 devenait du 3 1/2 et notre titre de rente se réduisait à 175 francs; enfin, en 1904, une dernière conversion du 3 1/2 en 3 % ne nous laissait plus que 150 francs de rentes, soit une perte des deux cinquièmes en vingt ans.

Les fortunes privées n'ont pas été, plus que la nôtre, épargnées par les coups de la fortune et le « *fait du prince* » ; une sage administration nous a évité d'en être davantage les victimes. Nous possédions en effet, en 1878, pour 850 francs de rente 5 % et, en 1879, c'est-à-dire cinq ans avant la première conversion, nous fondions notre bourse en rente 3 % par la vente de 600 francs de 5 %, sans toucher aux 600 francs de rentes 3 % que nous possédions en outre dès cette époque.

Il est assez malaisé de suivre au travers des *Bulletins* les variations successives de notre capital, car si les comptes rendus des trésoriers indiquent bien le détail de l'actif, leurs conclusions se résument en des chiffres : ils comparent le total en fin d'année au total de l'année précédente et le résultat en apparaît vicié par les différences du prix des valeurs selon les cours de bourse pratiqués au moment de leurs rapports. Nous suivrons mieux la gestion du Comité en ne tenant compte que des titres en portefeuille et du solde en caisse ; c'est sur ces principes que nous avons établi le tableau ci-contre.

	VALEURS DE				BOURSE	EN CAISSE
						. . . francs
1864.						114 —
1845.						1.977 —
1866.						2.530 —
1867.						4.144 —
1868.						5.332 —
1869.						5.011 —
1870.						. . . —
1871.						9.378 —
1872.						11.897 —
1873.						13.989 —
1874.						16.004 —
1875.						7.653 —
1876. . . .	600 francs,	rente 3 %	250 francs,	rente 5 %		400 —
1877. . . .	600 —		580 —	—		1.200 —
1878. . . .	600 —		850 —	—		7.928 —
1879. . . .	600 —		850 —	—	Bourse de 800 francs. . .	3.310 —
1880. . . .	600 —		250 —	—	—	5.650 —
1881. . . .	600 —		250 —	—	—	8.500 —
1882. . . .	600 —		250 —	—	—	8.723 —
1883. . . .	600 —		250 —	—	—	9.087 —
1884. . . .	600 —		250 —	—	—	11.248 —
1885. . . .	600 —		250 —	—	—	15.056 —
1886. . . .	600 —		225 —	rente 4 1/2 %	— 20 obligations Crédit Foncier. . .	6.804 —
1887. . . .	600 —		225 —	—	— 20 — — . . .	0.426 —
1888. . . .	600 —		225 —	—		6

	VALEUR DE		BOURSE	EN CAISSE
1889.	600 francs, rente 3 °/₀	225 francs, rente 5 °/₀	Bourse de 800 francs, 20 obligations Crédit Foncier. . .	11.790 francs
1890.	600 — —	225 — —	— 40 — — . . .	4.008 —
1891.	612 — —	225 — —	— 46 — — . . .	2.816 —
1892.	612 — —	225 — —	— 46 — — . . .	2.892 —
1893.	612 — —	225 — — ,	— 46 — — . . .	3.968 —
1894.	612 — —	225 — —	— 46 — — . . .	5.060 —
1895.	612 — —	175 — rente 3 1/2 °/₀	— 46 — — . . .	5.060 —
1896.	612 — —	175 — —	— 51 — — . . .	1.703 —
1897	612 — —	175 — —	— 51 — — . . .	2.130 —
1898.	612 — —	175 — —	— 51 — — . . .	1.684 —
1899.	612 — —	175 — —	— 51 — — . . .	2.025 —
1900.	612 — —	175 — —	— 51 — — . . .	2.936 —
1901.	612 — —	175 — —	— 48 — — . . .	7.905 —
1902.	612 — —	175 — —	— 48 — — . . .	4.124 —
1903.	1485 — —	175 — —	— 48 — — . . .	4.532 —
1904.	1685 —	. . . .	— 48 — — . . .	6.491 —
1905.	1685 —	. . . .	— 48 — — . . .	7.473 —
1906.	1730 —	. . . .	— 48 — — . . .	6.851 —
1907.	1840 —	. . . .	— 48 — — . . .	8.578 —
1908.	1850 —	6 oblig. P.-O.	— 48 — — . . .	7.471 —
1909.	1874 —	6	— 48 — — . . .	6.337 —
1910.	1874 —	21 —	— 48 — — . . .	10.814 —
1911.	1884 —	77 —	— 48 — — . . .	4.447 —
1912.	1894 —	80 —	—	3.083 —
1913.	1894 —	80 —	—	5.181 —
			—	5.... —

La gestion financière a donc toujours été assez sage pour amener la constitution d'un fonds de réserve important que les donations successives ont augmenté à tel point, qu'en dehors de la bourse fondée, notre capital constitué en valeurs de tout premier ordre produit un revenu de 3,000 fr.

L'augmentation annuelle a été plus forte pendant la première période qu'elle ne l'est actuellement. Etait-on alors plus difficile pour l'attribution des secours et des frais d'études, ou les camarades étaient-ils plus heureux ? Nous croyons que les deux raisons y ont contribué, mais que la seconde l'emporte de beaucoup sur la première, car nos anciens, qui s'étaient réunis dans un but de charité, ou, pour parler un langage plus moderne, dans un esprit de solidarité, n'étaient pas plus insensibles que nous au malheur de leurs camarades.

Ils faisaient donc des économies et considérables ; cependant ils n'établissaient pas de prévision des recettes et dépenses au début de chaque exercice.

Comme nous l'avons rappelé plus haut, dans l'historique des statuts, il n'y eut pas de projet de budget jusqu'en 1903 ; depuis cette époque, le bureau tient sa séance budgétaire, la plus importante de l'année, quelques jours après la rentrée du Lycée, au début d'octobre. C'est, en effet, cette époque qui convient le mieux pour les prévisions, tant des recettes, puisque la liste générale des sociétaires est arrêtée è la publication du *Bulletin*, en juillet, que des dépenses, puisqu'à ce moment les élèves qui sollicitent des bourses sont rentrés ou sur le point de rentrer utilement au Lycée. A ce moment, toutes les demandes sont parvenues et elles ont pu être instruites de la fin de septembre au jour de la réunion ; au besoin, une séance budgétaire complémentaire est tenue quelques jours après.

Les prévisions de recettes sont basées sur le nombre des sociétaires et les résultats du précédent recouvrement.

Les prévisions de dépenses sont établies d'après les sommes

votées au cours de la séance, les besoins prévus et les résultats de l'exercice précédent publié au *Bulletin*.

En principe, les dépenses sont réglées de façon à laisser une certaine marge au Comité et la possibilité de parer aux demandes de secours ou autres frais auxquels il pourrait avoir à faire face dans le cours de l'année.

Voici le type d'un de ces budgets :

Prévisions de recettes

Cotisations et dons.	3.727 f. »
Intérêts et arrérages	2.400 »
Revenus de fonds Donatis.	873 »
Bourse de fondation	800 »
	7.800 f. »

Prévisions des dépenses

Frais généraux médailles et prix. .	1.600 f. »
Secours.	2.000 »
Frais d'études (fonds statutaires). .	1.800 »
— (fonds Donatis) . . .	750 »
Disponible.	1.650 »
	7.800 f. »

Le Comité n'a pas toujours admis le principe de l'équilibre entre les recettes et les dépenses : pendant de longues années, chaque année les dépenses étaient inférieures aux recettes, on économisait de façon à constituer un capital, c'est de cette prévoyance de nos prédécesseurs que nous jouissons aujourd'hui : en dehors de la valeur de bourse créée au Lycée, notre actif est d'environ 100.000 francs.

Dès lors, l'idée dominante n'est plus l'économie, mais la satisfaction du plus grand nombre possible de légitimes besoins ; nous ne cherchons plus à accroître notre capital que par les dons et les rachats de cotisations, mais nous ne cherchons pas à le diminuer et si une administration sérieuse nous amène parfois à un excédent de recettes de quelques centaines de francs, nous n'en augmentons pas pour cela nos dépenses l'année suivante. Si, au contraire, il se produit un excédent de passif, nous ne regrettons pas le bien que nous avons commis.

Notre trésorerie doit être adéquate à notre but.

Puissions-nous l'avoir rempli !

Lycée d'Orléans. — Les cours intérieures.

ANNEXES

PREMIER PROJET DE STATUTS (1863)

Paris, le 2 mars 1863.

MONSIEUR ET CHER CONDISCIPLE,

Un grand nombre d'anciens élèves du Collège et du Lycée d'Orléans, dont nous sommes les interprètes, se sont proposé de perpétuer, au moyen d'une association, les liens de confraternité formés entre eux au temps de leurs études.

De semblables associations ont été établies par les anciens élèves de beaucoup d'autres collèges, qui se réunissent, comme vous le savez, dans un banquet annuel à Paris.

En vous soumettant notre projet, nous avons pensé que vous seriez tout disposé à en favoriser l'accomplissement. Si vous voulez bien vous joindre à nous, nous vous prions de vouloir bien nous renvoyer cette lettre avec votre adhésion.

Des avis dans les journaux et des convocations individuelles feront connaître ultérieurement le jour, l'heure et l'hôtel où aura lieu à Paris le premier banquet.

Vos dévoués condisciples,

HOMASSEL,	SALMON,
JAMET (Gustave),	MOUTIER (Jules),
JOUSSELIN,	DUBREUIL.

J'adhère à l'Association dont il est parlé plus haut.

Noms et prénoms :

Qualités et demeure :

Les adhésions doivent être adressées à M. DUBREUIL, 7, boulevard de l'Hôpital, à Paris

PROJET DE RÈGLEMENT

DE

L'ASSOCIATION AMICALE

DES

Anciens Élèves du Collège et du Lycée d'Orléans

ARTICLE PREMIER

Les anciens élèves internes et externes du Collège et du Lycée d'Orléans forment une association amicale pour perpétuer entre eux la confraternité.

Cette association comprend ceux qui ont adhéré et ceux qui adhéreront au présent règlement.

Ils se réunissent annuellement, à Paris, dans un banquet dont les frais sont couverts par une souscription.

ART. II

Les adhérents s'engagent à payer une cotisation annuelle de six francs, destinée :

1° A faire face aux frais de correspondance, de publicité, de recouvrement et tous autres d'administration ;

2° A venir en aide aux camarades malheureux ;

3° A décerner une médaille au prix d'honneur de rhétorique du Lycée d'Orléans ;

4° A créer une bourse ou une demi-bourse au même Lycée.

ART. III

L'administration est confiée à sept commissaires dont ... doivent demeurer à Paris et ... à Orléans ; leur nomination a lieu dans l'assemblée qui précède le banquet annuel, au scrutin secret, à la majorité absolue des suffrages exprimés, au premier tour, et à la majorité relative au deuxième tour.

Les commissaires, à l'exception du Secrétaire-Trésorier, sont renouvelés par tiers chaque année ; le sort désigne une première fois les trois séries de .membres sortants.

ART. IV

Les commissaires élisent parmi eux un Président, un Vice-Président et un Secrétaire-Trésorier.

Le Président et le Vice-Président sont nommés pour un an ; ils peuvent être réélus.

La durée des fonctions du Secrétaire-Trésorier n'est pas limitée.

ART. V

La Commission se réunit à Paris ou à Orléans, suivant les circonstances ; les convocations sont faites par le Président, et, en son absence, par le Vice-Président.

Aucune décision ne peut être prise sans le concours de trois membres au moins.

ART. VI

La présidence du banquet appartient aux commissaires, qui ont le droit de la déléguer soit à un ancien élève, soit à un professeur ou à un ancien professeur du Collège ou du Lycée d'Orléans.

ART. VII

Au moyen d'avis dans les journaux et de lettres individuelles, la Commission fait connaître à l'avance le lieu, le jour, l'heure et le prix du banquet ; elle dresse à cet effet la liste des anciens élèves.

Elle est compétente pour tout ce qui concerne les secours, la médaille et la bourse ou demi-bourse, notamment pour déterminer l'époque où les ressources permettront de commencer l'exécution.

ART. VIII

Le boursier sera choisi, au mois de septembre, par la Commission, parmi des enfants nés à Orléans, de parents fixés à Orléans ou nés d'anciens élèves du Lycée.

Ce boursier est remplacé lorsqu'il a fini ses études ou lorsqu'il y a vacance pour toute autre cause.

ART. IX

Le Secrétaire-Trésorier rédige les procès-verbaux des séances ; il présente les comptes une fois par an le jour du banquet et les porte, après approbation, sur le registre des délibérations.

L'actif de l'Association est déposé dans une maison de banque désignée par la Commission, sans responsabilité pour les commissaires.

ART. X

Le présent règlement sera inscrit en tête du registre dont il est parlé dans l'article précédent.

STATUTS DE 1875

TITRE PREMIER

L'Association. — Son objet

ARTICLE PREMIER. — Il est formé une Association amicale entre ceux des anciens élèves internes ou externes, des fonctionnaires ou anciens fonctionnaires du Collège et du Lycée d'Orléans qui adhèreront aux présents statuts.

ART. 2. — Le but de cette Association est :

1° D'établir entre les anciens élèves du Lycée un centre de relations amicales, de perpétuer parmi eux les souvenirs de jeunesse ;

2° De venir en aide à ceux de leurs camarades qui, présentant d'ailleurs des conditions honorables, pourraient avoir besoin de secours, à leurs veuves et à leurs enfants, ainsi qu'aux fonctionnaires et aux anciens fonctionnaires du Lycée inscrits comme membres de l'Association, à leurs veuves et à leurs enfants.

ART. 3. — L'Association prend le titre d'*Association amicale des anciens élèves du Lycée d'Orléans.* Son siège est à Orléans, au Lycée.

TITRE II

Administration

ART. 4. — L'Association est dirigée par un Comité d'administration composé de douze membres, qui sont nommés dans l'assemblée générale (art. 9), à la simple majorité des voix. Pour être membre du Comité d'administration, il faut être membre de l'Association.

ART. 5. — Les membres du Comité sont renouvelés par tiers tous les ans ; le sort indique ceux des membres qui doivent sortir à la fin de chacune des trois premières années ; ensuite ils sortent par ancienneté de nomination. Les membres sortants, à l'exception des membres du bureau (art. 6), ne peuvent être réélus qu'après un intervalle d'une année.

Art. 6. — Le Comité nomme au scrutin secret, et à la majorité absolue, un président, deux vice-présidents, un secrétaire et un trésorier. Ces cinq membres composent le bureau.

Le président et les vice-présidents sont nommés pour un an ; ils peuvent être réélus.

La durée des fonctions de secrétaire et de trésorier n'est pas limitée.

Le secrétaire est chargé de la correspondance générale, de la rédaction des procès-verbaux, du dépôt et de la conservation des registres et papiers de l'Association.

Le trésorier est chargé des recettes et des dépenses ; il a pouvoir d'acheter, vendre, transférer, donner quittance et généralement de représenter l'Association dans toutes les opérations financières, sous le contrôle du Comité. Des membres correspondants et des trésoriers-adjoints pourront être désignés par le Comité partout où il jugera leur concours nécessaire.

Art. 7. — Toute discussion étrangère au but de l'Association est expressément interdite.

TITRE III

Assemblées générales. — Banquet annuel

Art. 8. — Chaque année il y aura, soit à Paris, soit à Orléans, sur l'indication du Comité, une assemblée générale et un banquet auxquels sont conviés tous les anciens élèves.

Art. 9. — A la suite du banquet, il sera donné communication du compte rendu des opérations de l'année et de la situation financière de l'Association, et on procédera à la nomination des nouveaux membres du Comité.

TITRE IV

Attributions du Comité

ART. 10. — Le Comité administre les fonds de l'Association, il distribue les secours, il accepte les dons et legs, il vérifie et approuve les comptes du trésorier ; il convoque les assemblées générales annuelles et les assemblées extraordinaires, s'il y a lieu ; il désigne le président des banquets et de l'assemblée générale ; il vote et décide les fondations de bourses, prix et encouragements dont il est parlé à l'article 21 ci-après.

Il présente chaque année à l'assemblée générale le compte de la gestion, sans qu'en aucun cas le nom des personnes secourues puisse être indiqué ; il propose, s'il y a lieu, les modifications aux statuts.

Il est chargé généralement de tout ce qui concerne l'administration de l'Association, les délibérations relatives à l'acquisition, l'aliénation ou l'échange d'immeubles, à l'acceptation des dons et legs et à la modification des statuts qui sont soumis à l'autorisation du Gouvernement.

ART. 11. — Le Comité se réunit au moins deux fois par an, en février et en novembre. Dans la séance de février, le Comité constitue son bureau, vote le budget des dépenses et s'occupe de la convocation de l'assemblée générale annuelle ; dans la séance de novembre, il vérifie les écritures et arrête les comptes du trésorier.

Le Comité se réunit, en outre, toutes les fois que le président ou les vice-présidents jugent nécessaire de le convoquer.

ART. 12. — La présence de six membres au moins, y compris un membre du bureau, est indispensable pour la validité des opérations.

ART. 13. — En cas de partage d'opinions, la voix de celui qui préside l'assemblée est prépondérante.

TITRE V

Recettes

ART. 14. — Les membres de l'Association versent entre les mains du trésorier soit un capital de deux cents francs, une fois payé, soit une cotisation annuelle dont le minimum est fixé à dix francs.

ART. 15. — Tout associé qui aura laissé écouler deux années, sans payer sa cotisation est réputé démissionnaire, sauf les circonstances dont le bureau sera juge.

ART. 16. — Les ressources de l'Association se composent :
1° Des capitaux versés par les associés ;
2° Du produit des cotisations ;
3° Des dons et legs régulièrement acceptés ;
4° Du produit des capitaux placés.

ART. 17. — Le capital provenant des versements une fois payés est converti en rentes sur l'Etat ; il est inaliénable.
Toutes les autres recettes sont déposées, en attendant leur emploi définitif, dans une caisse publique ou dans un établissement financier autorisé par l'Etat.

ART. 18. — Le trésorier ne pourra avoir en caisse plus de mille francs : aussitôt que ce chiffre est atteint, il est tenu de placer une somme de cinq cents francs, conformément à la disposition précédente.

ART. 19. — Les excédents de recettes seront chaque année, en tout ou en partie, et sur une délibération spéciale du Comité, placés en rentes sur l'Etat et formeront une réserve dont le Comité ne pourra disposer qu'en cas d'insuffisance des autres ressources.

ART. 20. — Chaque année, le trésorier rédige un compte des recettes et des dépenses qui est soumis à l'approbation du Comité et de l'assemblée générale, conformément aux articles 9 et 11 ci-dessus.
Le Comité peut d'ailleurs, toutes les fois qu'il le juge convenable, vérifier les comptes et la caisse du trésorier.

TITRE VI

Emploi des fonds

Art. 21. — Le montant des ressources de la Société est destiné :

A secourir, autant que possible, les membres malheureux de l'Association, leurs veuves et leurs enfants ;

A décerner chaque année une médaille d'or au prix d'honneur de rhétorique du Lycée d'Orléans.

Le Comité peut prélever sur le fonds de secours, outre les menus frais d'administration, tous ceux relatifs à l'établissement temporaire ou définitif de bourses, de prix annuels et d'encouragements au profit exclusif d'élèves du Lycée d'Orléans.

TITRE VII

Distribution de secours

Art. 22. — Toute demande de secours doit être adressée par écrit au secrétaire ou au trésorier, qui la soumet au Comité avec les renseignements qu'il a pu réunir.

Art. 23. — Si les renseignements recueillis sont jugés suffisants, le Comité statue, séance tenante, sans jamais motiver ses décisions.

Art. 24. — La délibération fixe la quotité du secours alloué ; le mandat, payable à vue sur le trésorier, est signé et adressé par lui, dans les vingt-quatre heures, au camarade auquel il est accordé.

TITRE VIII

Art. 25. — Tout membre qui fera imprimer un ouvrage ou une brochure est invité à en offrir un exemplaire à l'Association. Tous ces livres réunis formeront une bibliothèque de famille qui sera déposée au Lycée.

Art. 26. — Tout membre de l'Association qui croirait avoir à proposer des modifications aux présents statuts devra, un mois au moins à l'avance, les communiquer au Comité qui les soumettra, s'il y a lieu, à l'approbation de l'assemblée générale, conformément à l'article 10.

TITRE IX ET DERNIER

ART. 27. — La dissolution de l'Association ne pourra être prononcée qu'en assemblée générale et à la majorité des trois quarts des membres présents.

Les fonds libres au moment de la dissolution de l'Association seront appliqués par le Comité chargé de la liquidation à l'œuvre pour laquelle l'Association a été instituée.

Les présents statuts modifiés ont été approuvés par le Comité, dans la séance du 9 mai 1874, et par l'assemblée générale, réunie à Orléans, le même jour, dans la salle de l'Institut.

DÉCRET

Texte du décret qui reconnaît notre Association comme établissement d'utilité publique :

Le Président de la République,

Sur le rapport du Ministre de l'Instruction publique, des Cultes et des Beaux-Arts ;

Vu la demande formée par le Conseil d'administration des anciens élèves du Lycée d'Orléans ;

Vu les documents faisant connaître la composition du Conseil, les statuts de la Société et sa situation financière ;

Vu l'avis favorable du Préfet du Loiret et du Vice-Recteur de l'Académie de Paris ;

Le Conseil d'Etat entendu ;

Décrète :

ARTICLE PREMIER

L'Association des anciens élèves du Lycée d'Orléans est reconnue comme établissement d'utilité publique.

ART. 2

Les statuts de cette Association sont approuvés tels qu'ils sont annexés au présent décret ; aucune modification ne pourra être faite sans nouvelle autorisation.

ART. 3

Le Ministre de l'Instruction publique, des Cultes et des Beaux-Arts est chargé de l'exécution du présent décret.

Fait à Versailles, le 12 mai 1875.

Signé : Mal DE MAC-MAHON.

Par le Président de la République,

Le Ministre de l'Instruction publique,
des Cultes et des Beaux-Arts,

Signé : H. WALLON.

Pour ampliation :

Le Directeur de l'enseignement secondaire,

Signé : A. MOURIER.

Pour copie conforme :
Le Secrétaire de l'Académie,
Signé : P. BOULET.

7

STATUTS DE 1890

TITRE Ier

But de l'Association

ARTICLE PREMIER

Il est formé une Association amicale entre les anciens élèves internes ou **externes,** les fonctionnaires ou anciens fonctionnaires du Lycée d'Orléans qui adhéreront aux présents statuts.

Elle prend le titre d'*Association amicale des anciens élèves du Lycée d'Orléans.*

Son siège est à Orléans, au Lycée.

ART. 2

Le but de l'Association est :

1° D'établir entre les anciens élèves du Lycée un centre de relations amicales, et de perpétuer parmi eux les souvenirs de jeunesse ;

2° De secourir ceux de leurs camarades qui, présentant d'ailleurs des garanties d'honorabilité, pourraient avoir besoin d'être aidés ;

Leurs veuves ;

Leurs enfants ;

Et même leurs ascendants, en certains cas dont le Comité sera juge ;

Les fonctionnaires ou anciens fonctionnaires du Lycée *inscrits comme membres de l'Association ;*

Leurs veuves ;

Leurs enfants ;

3° De fournir aux fils d'anciens condisciples sans fortune les moyens de faire leurs études *au Lycée d'Orléans,* et même de les compléter au-delà dans les Écoles spéciales ;

4° D'encourager les études par des médailles ou des prix ;

5° D'exercer un patronage bienveillant sur les pupilles qu'elle entretient au Lycée, et de les aider au besoin, après leur sortie, de l'appui moral d'une bonne camaraderie.

ART. 3

Toute question ou discussion étrangère au but de l'Association est expressément interdite dans les réunions.

TITRE II

Administration. — Elections

ART. 4

L'Association est administrée par un Comité composé de quinze membres.

Le Comité se renouvelle par tiers, chaque année, d'après l'ancienneté de la nomination.

ART. 5

L'élection se fait à la majorité relative, au moyen d'un bulletin de vote envoyé à tous les Sociétaires.

La liste des quinze membres du Comité devra toujours être combinée de façon à comprendre au moins **dix** sociétaires ayant leur résidence à Orléans.

Le travail du dépouillement des votes est fait par le Comité, qui s'adjoint un ou plusieurs membres supplémentaires, s'il y a lieu, pour faciliter les opérations.

Le résultat des votes est proclamé dans l'assemblée générale (art. 10).

Le Proviseur du Lycée est membre de droit du Comité, mais seulement avec voix consultative s'il ne fait pas partie de l'Association.

ART. 6

Les membres sortants ne peuvent être réélus qu'après un intervalle d'une année, *à l'exception des membres du bureau, lesquels sont indéfiniment rééligibles.*

En cas de décès ou de démission d'un membre du Comité, il pourra, après décision du Comité, être remplacé par celui des sociétaires qui, dans les élections précédentes, a obtenu le plus de voix après le dernier élu. Dans le cas où ce membre n'accepterait pas ou serait empêché, le Comité nommerait l'un de ceux qui viennent à la suite, par ordre de voix obtenues, mais toujours de façon à maintenir dans le Comité la proportion exigée par l'article 5 (dix sociétaires résidant à Orléans). — Cette nomination n'est valable que pour le temps durant lequel le membre remplacé eût exercé ses fonctions.

ART. 7

Le Comité nomme au scrutin secret et à la majorité absolue :

Un Président,
Deux Vice-Présidents,
Un Secrétaire général,
Un Secrétaire-adjoint,
Un Trésorier.

Ces six membres composent le bureau.

Le Président et les Vice-Présidents sont nommés pour un an ; ils peuvent être réélus, mais seulement pendant les deux années suivantes.

Après trois années d'exercice, un intervalle d'un an est nécessaire pour qu'ils puissent être élus de nouveau en la même qualité.

Mais aucun intervalle n'est exigé pour qu'un Vice-Président puisse être élu Président, ou que le Président puisse être élu Vice-Président.

La durée des fonctions des Secrétaires et du Trésorier n'est pas limitée, *pourvu qu'ils soient réélus membres du Comité.*

La nomination du Bureau devra se faire, soit à l'issue de l'assemblée générale, soit à la réunion la plus prochaine du Comité, au moyen des bulletins de vote déposés par les membres présents ou adressés au Secrétaire par les membres absents.

ART. 8

L'assemblée générale peut conférer à un ancien Président le titre de *Président d'honneur*.

TITRE III

Assemblée générale. — Banquet annuel

ART. 9

Chaque année, il y aura, soit à Paris, soit à Orléans, sur l'indication du Comité, une assemblée générale et un banquet, auxquels sont invités par lettre tous les sociétaires.

ART. 10

Dans l'une ou dans l'autre de ces réunions, il sera donné communication de la situation financière de l'Association, et on proclamera les noms des nouveaux membres du Comité.

TITRE IV

Attributions du Bureau et du Comité

ART. 11

Le Président représente l'Association en tout ce qui touche ses intérêts, soit en justice, soit pour tous les actes de la vie civile.

Il convoque le Comité toutes les fois qu'il le juge convenable.

En cas d'empêchement, il est remplacé par un des Vice-Présidents, ou, à défaut de ce dernier, par le membre que le Bureau aura désigné.

Les Secrétaires sont chargés de la correspondance générale, de la rédaction des procès-verbaux, du dépôt et de la conservation des registres et papiers de l'Association.

Le Trésorier est chargé d'opérer les recettes et les dépenses ; il a le pouvoir d'acheter, vendre, transférer toutes valeurs, donner quittance, et généralement de représenter l'Association dans toutes les opérations financières, sous le contrôle du Comité.

Des membres correspondants et des Trésoriers-adjoints pourront être désignés par le Comité, partout où il jugera leur concours utile. —

ART. 12

Le Comité administre les fonds de l'Association ;

Il vote les secours ;

Il vérifie et approuve les comptes du Trésorier ;

Il désigne le Président du banquet ;

Il décide les fondations de bourses, prix et encouragements dont il est parlé à l'article 19 ci-après.

Le Comité, par l'organe du Trésorier, présente chaque année à l'assemblée générale le compte de la gestion et du total des secours alloués, sans que, en aucun cas, le nom des personnes secourues puisse être indiqué.

Il propose, s'il y a lieu, les modifications aux statuts.

Chargé généralement de tout ce qui concerne l'administration de l'Association, il prend toutes délibérations relatives aux acquisitions, aliénations ou échanges d'immeubles, et à l'acceptation des dons et legs.

ART. 13

La présence de *six* membres au moins, y compris un membre du Bureau, est indispensable pour la validité des opérations.

En cas de partage d'opinion, la voix de celui qui préside est prépondérante.

TITRE V

Recettes

ART. 14

Les membres de l'Association versent entre les mains du Trésorier :

Soit une cotisation annuelle dont le minimum est fixé à **dix** francs ;

Soit un capital de **cent cinquante francs** une fois payé.

Ce capital devra être immédiatement converti en rentes sur l'Etat français, nominatives, et immatriculées au nom de l'Association ; elles sont inaliénables.

ART. 15

Tout associé qui aura laissé écouler deux années sans payer sa cotisation est réputé démissionnaire, sauf les circonstances dont le Bureau sera juge.

ART. 16

Les ressources de l'Association se composent :

1° Des capitaux versés par les associés, au lieu de la cotisation annuelle ;

2° Du produit des cotisations ;

3° Des dons et legs régulièrement acceptés ;

4° Du produit des capitaux placés.

Toutes ces recettes, autres que celles du § 1er, sont déposées dans une caisse publique ou dans un établissement financier désigné par le Comité, en attendant leur emploi, qui sera fait en obligations du Crédit Foncier de France, de la Ville de Paris ou des Compagnies de Chemin de fer dont l'intérêt est garanti par l'Etat.

Ces valeurs peuvent être aliénées, après décision du Comité prise à la majorité des membres présents, pour en faire l'emploi conformément au but de l'Association.

ART. 17

Le Trésorier ne pourra avoir en caisse plus de deux mille francs.

ART. 18

Chaque année, le Trésorier rédige un compte des recettes et dépenses qui est soumis à l'approbation du Comité et de l'assemblée générale.

Le Comité peut d'ailleurs, toutes les fois qu'il le juge convenable, vérifier les comptes et la caisse du Trésorier.

TITRE VI

Emploi des fonds

ART. 19

Le montant des ressources de la Société est destiné :

1° A secourir, dans la mesure du possible, les personnes désignées dans le paragraphe 2 de l'article 2 ;

2° A fonder des bourses ou perpétuelles ou temporaires, au profit exclusif des fils d'anciens élèves du Lycée d'Orléans ;

3° A décerner, chaque année, deux médailles d'or :

L'une au Prix d'honneur de Rhétorique ;

L'autre au Prix d'honneur de Mathématiques spéciales ;

Et, s'il y a lieu, des prix annuels ou temporaires.

TITRE VII

Distribution des secours

ART. 20

Toute demande de secours doit être adressée par écrit au Président, ou à un des membres du Bureau, qui la soumet au Comité avec les renseignements qu'il a pu réunir.

Si les renseignements recueillis sont jugés suffisants, le Comité statue, séance tenante.

La délibération fixe la quantité du secours alloué.

ART. 21

Aucun secours ne peut être accordé sous la forme de prêt.

TITRE VIII

Dispositions diverses

ART. 22

Les statuts ne pourront être modifiés que sur la proposition du Comité d'administration ou de 25 membres, soumise au Bureau, au moins un mois avant la séance.

L'assemblée extraordinaire, spécialement convoquée à cet effet, ne peut modifier les statuts qu'à la majorité des deux tiers des suffrages, exprimés soit en séance par les membres présents, soit par correspondance des membres absents.

Pour la validité du vote, le nombre des suffrages exprimés doit être égal au moins au quart du nombre total des sociétaires inscrits. — La délibération de l'assemblée est soumise à l'approbation du Gouvernement.

ART. 23

La dissolution de l'Association ne pourra être prononcée que par l'assemblée générale convoquée spécialement à cet effet, et à la majorité des deux tiers des suffrages exprimés soit en séance par les membres présents, soit par correspondance des membres absents.

Pour la validité du vote, le nombre des suffrages exprimés doit être égal au moins à la moitié plus un des sociétaires inscrits.

La délibération de l'assemblée est soumise à l'approbation du Gouvernement.

ART. 24

En cas de dissolution, l'actif de l'Association sera appliqué, par le Comité chargé de la liquidation, aux différentes œuvres spécifiées par les paragraphes 2, 3, 4 de l'article 2 et le paragraphe 2 de l'article 19 (bourses).

ART. 25

Un règlement intérieur, adopté par l'assemblée générale et approuvé par le Préfet, arrête les conditions de détail propres à assurer l'exécution des présents statuts. Il peut être modifié dans la même forme.

———

Les présents statuts, présentés par le Comité d'administration à l'assemblée générale, ont été adoptés par elle dans la séance tenue à Orléans, le 7 juin 1890, et approuvés par décret du Président de la République en date du 25 août 1890.

LISTE DES DONATEURS

MM. Edouard **Fournier** (pour prix), 1867..............	150 f.	»
le Dr **Sabatler**, de 1867 à 1875....................	6.150	»
Fougeron (Emile), de 1872 à 1909...................	1.520	»
et a donné, en outre, un prix à chaque distri-bution et un autre au banquet, quand il avait lieu à Orléans.		
Mme **Lesguillon**, de 1873 à 1883, en souvenir de son mari.	. 300	»
MM. **Morogues** (baron Achille de), de 1874 à 1879.......	443	»
Donatis (Auguste), directeur honoraire de la com-pagnie d'assurances *La Providence* (en plusieurs dons et legs).....................................	36.700	»
Pierre (Ch.), de 1875 à 1877.....................	1.080	»
le Dr **Nicas**, de 1879 à 1908........	410	»
le Dr **Féréol**, de Paris.............................	50	»
Dufau et Legendre............................	25	»
Gentien, ancien notaire à Paris...............	100	»
Arbey, ingénieur-constructeur à Paris, 1889......	75	»
Delaroche (Paul), de Paris, 1891..................	100	»
Frémont (Raoul), 1893.........................	100	»
Dain (Émile).................................	50	»
Mme **Boyer**, de Paris (voir *Bulletin* de 1895)...........	3.000	»
MM. **Tranchau** (Hippolyte), secrétaire de l'Association, pour prix...................................	150	»
Masson (Léon), président de l'Association........	500	»
Boyer (Jules), de Paris, de 1902 à 1909...........	400	»
Servant (Edgard), de 1904 à 1906.................	20	»
Mme **Duvau**, 1905, en souvenir de son fils.............	150	»
MM. **Boyer** (Gustave), de Paris, de 1905 à 1908.........	200	»
Landreloup, ancien vice-président (legs).........	1.800	»
A reporter.....	53.473 f.	»

Report.....	53.473 f.	»
MM. le **D**r **Ménard** (Saint-Yves), ancien président de l'Association	300	»
Brucy (Antony), ancien secrétaire-adjoint, 1907....	100	»
Bezançon (Fernand), ancien président de l'Association, 1908......................................	300	»
Reynoird (Émile), 1909...........................	200	»
Fougeron (Paul), 1910, en mémoire de son oncle, M. Émile Fougeron...............................	100	»
Caillard (Fernand), 1911........................	1.000	»
Mme **Bailly**, 1912, en souvenir de son mari.............	200	»
MM. **Levavasseur de Précourt**, 1912....................	200	»
Gourdon (amiral), 1913..........................	3.600	»
Dons anonymes.................................	535	»
Total.....	60.008 f.	»

SOCIÉTAIRES· PERPÉTUELS·

Titre acquis par le versement d'un capital représentant la cotisation annuelle (200 fr. d'après les anciens statuts, 150 francs d'après les statuts modifiés en 1890).

MM. le Dʳ Poumet........	1875	MM. Caillard (Léonce).... 1887
le Dʳ Sabatier........	1875	Caillard (Fernand)... 1887
Faure...............	1875	Martin (Georges)..... 1887
Petau...............	1876	Tenaille d'Estais (Fran-
Donatis...............	1876	çois)............ . . 1888
Jullien (Jules).......	1876	Mignucci (Fortuné).. 1888
Breton (Eugène).....	1876	Weber (Arthur)...... 1889
Tranchau (Hippolyte).	1876	Gentien (Camille).... 1889
Dʳ Meunier (Jules)...	1876	Genty (Augustin).... 1889
Desbois (Henri)......	1876	Pilate (Paul)........ 1890
Dʳ Prosnowski (Lud-		Breton (Charles)..... 1890
wig)...............	1876	Auvray (Lucien)..... 1891
Legendre (Ernest)...	1876	Veillard (Albert)..... 1891
Debrou (Paul).......	1876	Rabourdin-Grivot.... 1891
Sauville de la Presle		Patorni (Fernand)... 1891
(Adalbert).........	1877	Reynoird (Emile).... 1891
Vapereau (Gustave)..	1877	Reynoird (Jules)..... 1891
Fourchault (Charles).	1877	Guérin (Edmond).... 1891
Saintoin (Paul)......	1877	Chambon (Auguste).. 1891
Trutteau (Georges)...	1877	Hautefeuille (Charles) 1892
De la Noue-Billaut...	1878	Haranger (Fernand). 1893
Jarry (Clair)........	1878	Poulain (Edouard)... 1893
Dʳ Nicas............	1878	Porcher (Marcel).... 1893
Dʳ Féréol............	1879	Angerville (Abel d')... 1893
Denizet (Henri)......	1879	Couppé (Gaston)..... 1894
Fauchon (André).....	1879	Bastard (Paul)....... 1894
Saintoin (Georges)...	1880	Touche (Albert)...... 1894
Bonnichon	1880	Touche (Charles).... 1894
Tranchau (Paul).....	1881	Touche (Rémy)...... 1894
Fauchon (Georges)...	1882	Boisslère (Arnold).... 1895
Delpech (Léopold)...	1884	Dain (Emile)........ 1895
Boissay (Alexandre)..	1884	Depallier (René)..... 1896
Rérolle (Henry)......	1885	Dessaux (Georges)... 1896
Gourdon (Palma)....	1886	Delarue (René)...... 1896

MM. **Basset** (Frédéric)....	1896
Basset (Georges).....	1896
Bredif (Emile).......	1896
Cornu (Maxime).....	1897
Dervaux (Henri).....	1898
Hubert (Victor)......	1898
Ménard (Saint-Yves).	1898
Chambon (Ernest)...	1898
Bezançon (Fernand).	1898
Masson (Léon).......	1899
Blétery (Jules).......	1899
Maurain (Eugène)...	1899
Bissauge (René)......	1901
Finet (Albert)........	1901
Dusserre (André)....	1902
Lafaurie (Charles)...	1903
Lafaurie (Georges)...	1903
Monvel (Paul **Boutet** de)...............	1903
MM. **Prévost** (Alphonse)...	1903
Tricot (Lucien)......	1903
Ménard (Octave).....	1904
Dervaux (Paul)......	1905
Dieudonné (Fernand).	1907
Menard (Gustave)....	1907
Genret (Pierre)......	1908
Guillerat (Georges)..	1908
Saulnier (Georges)...	1908
Dubain (Jules).......	1909
Jullien (Henri).......	1910
Monvel (Eugène-Georges **Boutet** de)......	1910
Naline (Abel)........	1911
Huet (Charles)......	1912
Brucy (Henri)........	1913
Dessaux (André).....	1913
Balfourier (Marcel)...	1913
Fournery (Georges)..	1913

NOMS DES ÉLÈVES

Qui ont obtenu des Médailles d'or de l'Association

(art. 19 des statuts)

Rhétorique (*Discours latin*)

1864 MM.	Lamiche (Georges).	1873 MM.	Lemaire (René).
1865	Rabourdin (Albert).	1874	Rabier (Paul).
1866	Levasseur (Paul).	1875	Leymarie (Fernand).
1867	Refoulé (Albert).	1876	Vazeille (Albert).
1868	Gauche (Eugène).	1877	Auvray (Lucien).
1869	Brucy (Emmanuel).	1878	Leconte (Charles).
1870	Jalaguier (Adolphe).	—	Bastard (Paul).
1871	Séjourné (Gustave).	1879	Couteau (Gaston).
1872	Boyer (Gustave).	1880	Fortin (René).

*Composition française substituée au discours latin
comme Prix d'honneur de Rhétorique*

1881 MM.	Masure (Pierre).	1897 MM	Naudin (Lucien).
1882	Dumareau (Louis).	1898	Bidault (Fernand).
1883	Touche (Rémy).	—	Pinet (Henri).
1884	Du Colombier (Jean).	1899	Beaurieux (Rémy).
1885	Goyau (Georges).	1900	Bouvier (Jean).
1886	Talbot (Jules).	1901	Goullet (Louis).
1887	Fischer (André).	1902	Legrand (Henri).
—	Beaugey (Georges).	1903	Bichet (René).
1888	Bigot (Louis).	1904	Trahard (Pierre).
—	Bataillé (Louis).	1905	Colas (Robert).
1889	Enoch (Maurice).	1906	Bouvier (André).
1890	Péguy (Charles).	1907	Vaquier de Labaume (J.)
1891	Baillet (Louis).	1908	Cresson (Louis).
1892	Boivin (Henri).	1909	Bichet (Gustave).
1893	Riby (Jules).	1010	Desnoyers (René).
1894	Clergeau (Paul).	1911	Bornier (Jacques).
1895	Maurette (Fernand).	1912	Lénat (Maurice).
1896	Bidault (Fernand).		

Mathématiques spéciales

COMPOSITION DE MATHÉMATIQUES

1880 MM. **Tart** (Henri).	1894 MM. **Prévost** (Henri).
1881 **Maurain** (Eugène).	1895 **Chevallier** (Joseph).
1882 **Maurain** (Eugène) (vé-téran), rappel de mé-daille, volume.	1896 **Chevallier** (Joseph) (vé-téran), rappel de mé-daille, volume.
— **Valantin**.	1897 **Renvoyer** (Maxime).
1883 **Chambert** (Louis).	1898 **Michaud** (Jules).
1884 **Masure** (Pierre).	1899 **Lutton** (Gustave).
1885 **Sirven** (Louis).	1900 **Divan** (Fernand).
1886 **Moreau** (Jules).	1901 **Rogier** (Paul).
1887 **Lheure** (Louis).	1902 **Noblet** (Jean).
1888 **Lheure** (Louis) (vété-ran), rappel de mé-daille, volume.	1903 **Porée** (Francis).
	1904 **Sandré** (Paul).
	1905 **Gilles** (Gabriel).
1889 **Mahut** (René).	1906 **Desneux** (Auguste).
1890 **Maurain** (Charles).	1907 **Rocher** (Robert).
1891 **Boissière** (Arnold).	1908 **Philibert** (Jean).
1892 **Boissière** (Arnold) (vé-téran), rappel de mé-daille et volume.	1909 **Papelier** (Jacques).
	1910 **Barbier** (Georges).
	1911 **Causse** (Albert).
1893 **Chevreau** (Emile).	1912 **Housset** (Jean).

BOURSES DE SÉJOUR A L'ÉTRANGER

Récompenses offertes par l'Association dans le but d'encourager les études aux langues vivantes, de perfectionner dans celles-ci l'instruction d'un candidat aux grandes écoles et d'un jeune homme se destinant au commerce ou à l'industrie.

1908 MM. **Branchu** (Allemagne).	1912 MM. **Dieudonné** (Paul) (Alle-magne).
1909 **Naudin** (Allemagne).	
1910 **Pivert** (Allemagne)	1912 **Bonnet** (Angleterre).
1910 **Delahaye** (Angleterre).	1913 **Aladenise** (Robert) (Al-lemagne).
1911 **Rotté** (Allemagne).	
1911 **Gilbert** (Angleterre).	1913 **Gossieaux** (Maurice) (Allemagne).

PRIX

Offert à la distribution des prix par un Ancien, puis, après la mort de ce dernier, en 1909, par l'Association amicale elle-même, à l'élève depuis plusieurs années au Lycée qui s'est le plus distingué par sa bonne conduite, son application et ses progrès.

1881 MM.	**Duval** (Pascal).		1897 MM.	**Baudouin** (Marcel).
1882	**Maurain** (Eugène).		1898	**Lutton** (Gaston).
1883	**Ohlpault** (Antony).		1899	**Rabourdin** (André).
1884	**Billard** (Georges).		1900	**Dieudonné** (Fernand).
1885	**Colomiatl** (Henri).		1901	**Bouvier** (Jean).
1886	**Boillet** (Alphonse).		1902	**Genret** (Pierre).
1887	**Lheure** (Louis).		1903	**Legrand** (Henri).
1888	**Prévost** (Victor).		1904	**Bichet** (René).
1889	**Roy** (Alexandre).		1905	**Trahard** (Pierre).
1890	**Maurain** (Charles).		1906	**Roulleau** (Gabriel).
1891	**Péguy** (Charles).		1907	**Mandonnet** (Jean).
1892	**Tixier** (Octave).		1908	**Barrault** (Charles).
1893	**Imbault** (Félix).		1909	**Biehler** (Jean).
1894	**Chevallier** (Joseph).		1910	**Terrier** (Louis).
1895	**Chaussidière** (Gaston).		1911	**Trahard** (Michel).
1896	**Prévost** (Alphonse).		1912	**Bouvier** (Jacques).

PRIX

Offert, dans les mêmes conditions que le précédent, à chacun des dîners de l'Association à Orléans

1878 MM.	**Bailly** (Paul).		1898 MM.	**Bidault.**
—	**Bastard** (Paul).		1901	**Lefeuvre.**
—	**Proust** (Eugène).		1903	**Chambon.**
1880	**Jombert** (Henri).		1905	**Gilles.**
1886	**Goyau** (Georges).		1907	**Durand.**
1890	**Hubert.**		1909	**Branchu** (Marius).
—	**Leturque.**		1910	**Perronnet.**
1892	**Boissière** (Arnold).		1912	**Guyon.**
1894	**Berthier** (Paul).		1913	**Guibouret.**
1896	**Algrain** (Eugène).			

EFFECTIF DE L'ASSOCIATION
de 1863 à 1913

ANNÉES	MEMBRES			TOTAL
	PERPÉTUELS	A COTISATION ANNUELLE	JEUNES	
1863	»	»	»	»
1864	»	162	»	162
1865	»	257	»	257
1866	»	303	»	303
1867	»	305	»	305
1868	»	364	»	364
1869	»	373	»	373
1870	»	383	»	383
1871	»	383	»	383
1872	»	402	»	402
1873	»	407	»	407
1874	»	427	»	427
1875	3	444	»	447
1876	13	447	»	460
1877	18	435	»	453
1878	20	434	»	454
1879	23	447	»	470
1880	25	455	»	480
1881	26	478	»	504
1882	27	477	14	518
1883	27	508	10	545
1884	28	539	»	567
1885	28	546	»	574
1886	29	572	24	625
1887	31	590	5	626
1888	33	600	16	649
1889	35	605	14	654

| ANNÉES | MEMBRES | | | TOTAL |
	P. PERPÉTUELS	A COTISATION ANNUELLE	JEUNES	
1890	37	626	11	674
1891	45	626	20	691
1892	44	625	20	689
1893	47	626	15	688
1894	52	642	25	719
1895	54	642	3	699
1896	58	626	14	698
1897	57	608	13	678
1898	61	596	26	683
1899	61	563	34	658
1900	58	556	15	629
1901	57	506	19	582
1902	59	472	28	559
1903	62	454	34	550
1904	65	435	38	538
1905	62	418	43	523
1906	64	414	49	527
1907	64	412	53	529
1908	67	381	55	503
1909	61	372	62	495
1910	60	373	51	484
1911	61	375	55	491
1912	57	369	49	475
1913	55	361	47	463

LISTE NÉCROLOGIQUE

des Anciens Élèves décédés faisant partie de l'Association
(depuis la fondation jusqu'à Mai 1913)

Date d'entrée au Lycée	Date de sortie du Lycée		Date du décès
		MM.	
1821	29.	**Abraham** (Charles-Hector), ancien contrôleur principal des canaux, Montargis.	1885
1835	40.	**Alliot** (Alphonse), professeur honoraire de l'Université, Meung-sur-Loire.	1909
1821	26.	**Allonville** (d'), ancien employé supérieur des postes, Lagny (Seine-et-Marne).	1880
1862	66.	**Angenault** (Victor), négociant, *membre du Comité,* Orléans.	1911
1842	49.	**Anthoine** (Emile), ✳, inspecteur général de l'instruction publique, Paris.	1885
1841	49.	**Archambault** (Saint-Elme), propriétaire, Lassay (Loir-et-Cher).	1894
1892	00.	**Arnodin** (André), caporal au 2ᵉ régiment de tirailleurs annamites, Saïgon.	1905
1843	50.	**Aubin** (Paul), Salbris.	1897
1846	56.	**Augas** (Alphonse), négociant, Orléans.	1892
1848	55.	**Augé** (Jules), ♥, docteur en médecine, Reuilly (Aisne).	1897
1840	47.	**Auvray** (Lucien), ✳, ancien conservateur des forêts, Paris.	1903
1844	51.	**Avezard** (Michel), C. ✳, général de brigade en retraite, Sully-sur-Loire.	1899
1872	82.	**Avice** (Georges), Orléans.	1883
1848	52.	**Baffoy** (Hippolyte), ancien marchand de bois, Milly (Seine-et-Oise).	1899
1846	52.	**Bailly** (Anatole), ✳, ♥ I., ✠, professeur honoraire au Lycée, correspondant de l'Institut, *ancien membre du Comité,* Orléans.	1911
1846	51.	**Baranger** (Emile), docteur en médecine, Paris.	1883

Date   Date
d'entrée de sortie
au Lycée du Lycée

Date
du décès

MM.

1849 — 59. **Barberon** (Jules), ✻, conseiller honoraire à la Cour
d'appel d'Angers, Angers.   1908

1848 — 51. **Barboux** (Henri), membre de l'Académie française,
ancien bâtonnier de l'ordre des avocats à la Cour
d'appel de Paris, *ancien membre du Comité*,
Paris.   1910

1864 — 67. **Bareau** (Paul), ancien négociant, Paris.   1898

1846 — 56. **Baron** (Emile), notaire, Orléans.   1880

.... — .. **Barué** (Henri), économe du Lycée, Pau.   1873

1884 — 90. **Basset** (Georges), lieutenant d'artillerie, Paris. 1898

1872 — 79. **Bastard** (Paul), commissaire du gouvernement au
Laos, à Attopen (Indo-Chine), Blois.   1903

1857 — 65. **Baudouin** (Emile), sous-chef à la préfecture de la
Seine, Paris.   1887

1877 — 86. **Beauoulat** (Maurice), contrôleur des contributions
directes, Orléans.   1896

.... — ... **Beaujouin** (Amédée), pharmacien, Orléans.   1870

1848 — 57. **Bellanger** (Henri), Fontainebleau.   1907

.... — ... **Berlier**, propriétaire, Paris.   1874

1841 — 46. **Bernier** (Emile), propriétaire, *ancien membre du
Comité*, Paris.   1896

1822 — 25. **Bernier** (Florent), notaire honoraire, ancien député,
ancien membre du Comité, Orléans.   1892

1842 — 48. **Bernier** (Henry), propriétaire, Souppes (Seine et-
Marne).   1910

1873 — 81. **Berthier** (Gabriel), élève à l'Ecole centrale, Paris. 1887

1888 — 94. **Berthier** (Paul), étudiant, Paris.   1901

1883 — 84. **Berthon** (Paul), notaire, Illiers.   1901

1842 — 50. **Bertrand** (Jules), propriétaire, Orléans.   1899

1830 — 37. **Besnard** (Emile), ✻, ancien président du Tribunal
civil de Blois, Neung-sur-Beuvron.   1889

1853 — 61. **Besville** (Georges), architecte-expert, Orléans. 1908

1868 — 79. **Bezançon** (Henri), ᛐ, percepteur, Boulogne-sur-
Seine.   1905

1904 — 08. **Bichet** (René), professeur à Budapest, Paris.   1912

Date d'entrée au Lycée	Date de sortie du Lycée		Date du décès
		MM.	
1888 — 95.		**Blehler** (Gaston), dessinateur, Orléans.	1908
1837 — 42.		**Blémont** (René), homme de lettres, Orléans.	1887
... — ...		**Bigot** (Charles), substitut du procureur de la République, Rouen.	1877
1847 — 58.		**Bigot** (Paul), manufacturier, Ville-Lebrun (Seine-et-Oise).	1901
.... — ...		**Bigot de Morogues** (baron Achille), ✳, maire de Saint-Cyr-en-Val, membre du bureau d'administration du Lycée, Orléans.	1884
1848 — 53.		**Bigot de Morogues** (baron Alexandre), ✳, ancien officier de cavalerie, *ancien membre du Comité*, Orléans.	18..
1855 — 67.		**Billette** (Paul), ancien notaire, Saint-Lyé (Aube).	1909
1844 — 50.		**Bizot** (Alfred), ✳, ingénieur E. C. P., maire du XIVe arrondissement, Paris.	1899
.... — ...		**Blanchard** (Jules), propriétaire, Olivet (Loiret).	1869
1862 — 68.		**Blanchard** (Georges), Orléans.	1908
1844 — 53.		**Boccon-Gibod**, juge de paix du VIIe arrondissement, Paris.	1899
1807 — 09.		**Boinvilliers**, G. O. ✳, ancien sénateur, *président d'honneur de l'Association*, La Motte-Beuvron.	1886
1833 — 38.		**Boissay** (Alexandre), ancien notaire, Courtenay (Loiret).	1880
... — ...		**Bojano** (Thomas duc **de**), directeur de la Compagnie le *Soleil*, Paris.	1882
1845 — 57.		**Bonnichon** (Ernest), avocat, ancien bâtonnier, Tours.	1898
1842 — 48.		**Bordas** (Albert), rentier, Paris.	1894
1829 — 37.		**Bordas** (Edmond), notaire honoraire, *ancien membre du Comité*, Orléans.	1911
1841 — 45.		**Boucard** (Henri), C. ✳, ◯ I., C. ✠, ancien inspecteur général des forêts, Olivet (Loiret).	1905
1817 — 23.		**Boucher de Molandon** (Rémy), ✳, propriétaire, Orléans.	1893

Date d'entrée au Lycée	Date de sortie du Lycée		Date du décès

MM.

1838 — 40. **Boucheron** (Ferdinand), ✻, ancien conseiller général du Loiret, ancien maire de Cravant, *ancien membre du Comité*, Beaumont. — 1896

1863 — 74. **Bouchet** (Paul), sous-lieutenant de hussards, Orléans. — 1880

1860 — 65. **Bouilly** (Georges), ✻, professeur agrégé à la Faculté de médecine, Paris. — 1903

1823 — 30. **Bouland** (Alphonse), ✻, ingénieur civil, *ancien membre du Comité*, Paris. — 1890

1868 — 77. **Boulle** (Paul), docteur en médecine, *ancien membre du Comité*, Orléans. — 1906

1834 — 40. **Bourgeois** (Auguste), ✻, inspecteur d'académie honoraire, Beauvais. — 1895

1834 — 40. **Boussion** (Alexandre), ✻, ancien président de Chambre à la Cour d'appel d'Orléans, Orléans. — 1888

.... — ... **Boutet** (Clovis), chef de bataillon. — 1869

1827 — 34. **Boutet** (Paul), publiciste, Paris. — 1892

1841 — 48. **Bouvard** (Aimable), avoué, Etampes. — 1887

1849 — 59. **Boyé** (Gustave), ✻, directeur des contributions directes, Lyon. — 1903

1866 — 69. **Boyer** (Henri), employé à la Caisse des dépôts et consignations, Paris. — 1890

1836 — 37. **Bréchoux** (Jules), propriétaire, *ancien membre du Comité*, Paris. — 1901

1852 — 56. **Breton** (Charles), propriétaire, Orléans. — 1912

1839 — 48. **Breton** (Eugène), ancien manufacturier, Saint-Lô. — 1912

.... — ... **Brière**, docteur en médecine, *ancien membre du Comité*, Orléans. — 1869

1843 — 52. **Brossard de Corbigny**, ✻, ingénieur des mines, Angers. — 1884

1871 — 77. **Brouard** (Gabriel), ancien notaire, Paris. — 1902

1853 — 54. **Brouardel** (Paul), G. O. ✻, ◉ I., ✠, doyen honoraire de la Faculté de médecine, membre de l'Institut et de l'Académie de médecine, *ancien membre du Comité*, Paris. — 1906

1840 — 48. **Broussin**, ancien receveur des postes, Paris. — 1890

Date d'entrée au Lycée	Date de sortie du Lycée		Date du décès
		MM.	
1831	38.	**Broutin du Pavillon** (Jules), Tunis.	1894
1860	66.	**Bru** (Céleste), distillateur, Orléans.	1891
1859	63.	**Bruillard** (Achille), directeur particulier d'assurances, Orléans.	1896
1843	50.	**Buisson** (Jules), ancien huissier, Bondy (Seine).	1902
1878	83.	**Buret** (Paul), Pussay (Seine-et-Oise).	1891
1884	96.	**Cahen** (Marcel), étudiant, Poitiers.	1900
1842	46.	**Caillard** (Auguste), O. ✻, colonel d'infanterie, Paris.	1886
1854	62.	**Caillard** (Fernand), ancien négociant, Paris.	1911
1852	59.	**Caillet** (Arthur), ✻, ancien officier, directeur d'usine, Briare.	1894
1860	64.	**Capperon** (Maurice), ✻, président honoraire de Cour d'appel, Paris.	1907
1821	29.	**Cappelle** (Albert), ✻, ancien professeur, *ancien secrétaire de l'Association*, Paris.	1879
....	...	**Carly**, ✻, ancien lieutenant de vaisseau, Le Havre.	1869
1842	45.	**Caron** (Jules), O. ✻, ✪ I., administrateur honoraire des manufactures de l'Etat, *ancien membre du Comité*, Paris.	1907
1847	51.	**Cassegrain** (Charles), courtier de commerce, Orléans.	1895
1869	75.	**Chabrier** (Albert), ✻, professeur de rhétorique au Lycée Louis-le-Grand, Paris.	1896
1833	41.	**Chambon** (Auguste), O. ✻, professeur honoraire au Lycée Louis-le-Grand, Paris.	1900
1846	55.	**Chambon** (Ernest), ✻, ancien directeur de l'Institut de vaccine animale, Paris.	1911
1846	53.	**Champeaux** (Octave de), artiste peintre, Paris.	1903
1846	52.	**Charlé** (Auguste), ancien officier, Yèvre-le-Châtel (Loiret).	1905
1855	65.	**Charoy** (Marcel), ancien bâtonnier de l'ordre des avocats à la Cour d'appel d'Orléans, Orléans.	1912
1854	63.	**Chassaigne** (René), docteur en médecine, Blois.	1903
1839	45.	**Châtelain** (Alfred), ancien conseiller à la Cour d'appel d'Orléans, Paris.	1909

Date   Date   Date
d'entrée de sortie   du décès
au Lycée du Lycée

MM.

.... — ... **Chauvin,** secrétaire de l'ambassade ottomane, Paris.   1871

1850 — 57. **Chavannes** (Henri), ancien magistrat, Pithiviers.   1892

1833 — 35. **Chenard-Fréville** (Henri), notaire honoraire, Brou
(Eure-et-Loir).   1896

1838 — 43. **Chevallier** (Alphonse), docteur en médecine,
Lamotte-Beuvron (Loir-et-Cher).   1906

1851 — 59. **Chevallier** (Raphaël), G. O. ✳, général de division,
Chouzy-sur-Cisse (Loir-et-Cher).   1908

1858 — 62. **Chevallier-Picard** (Edgard), fabricant de faïence,
Orléans.   1899

1837 — 43 **Chipard** (Louis), ✳, ancien directeur des contributions directes, La Chapelle-Saint-Mesmin (Loiret).   1899

1844 — 52. **Chipault,** O. ✳, ✪ I., docteur en médecine, *ancien
membre du Comité,* Orléans.   1898

1847 — 51. **Chouppe** (Eugène), ✳, notaire honoraire, Saint-
Fargeau (Yonne).   1893

1869 — 73. **Chouppe** (Georges), ancien notaire, Orléans.   1908

1842 — 48. **Chuet** (Edouard), propriétaire, Orléans.   1902

1843 — 51. **Clin** (Stanislas), employé au contentieux du chemin
de fer de l'Ouest, Paris.   1878

1845 — 50. **Colas des Francs** (Gaston), maire d'Orléans,
Orléans.   1890

1849 — 56. **Cons** (Henri), ✳, ✪ I., recteur de l'académie de
Poitiers, Poitiers.   1909

1849 — 59. **Cornu** (Alfred), O., ✳, ingénieur en chef des mines,
membre de l'Académie des sciences, *ancien mem-
bre du Comité,* Paris.   1902

1855 — 62. **Cornu** (Maxime), O. ✳, ✪, I., professeur au Mu-
séum, Paris.   1901

1882 — 88. **Cotelle** (Edouard), étudiant en médecine, Orléans.   1892

1843 — 45. **Couroy** (marquis René de), lauréat de l'Académie
française, Paris.   1908

1846 — 57. **Courtin** (Amédée), ingénieur au chemin de fer du
Nord, Paris.   1896

MM.

1854 — 63. **Courtin-Rossignol** (Léonce), ✳, ✚, négociant en vins, maire d'Orléans, *ancien membre du Comité*, Orléans. 1910

1859 — 67. **Courtois** (Léon), notaire, Beaugency. 1902

1874 — 80. **Couteau** (Maurice), notaire, Beaugency. 1900

1842 — 54. **Courty-Bravals** (Théodore), propriétaire, Orléans. 1892

1817 — 25. **Crespin** (Adolphe), député à l'Assemblée nationale, Orléans. 1875

1861 — 70. **Dain** (Allfred), professeur à l'Ecole de droit d'Alger, Alger. 1892

1842 — 49. **Damourette** (Emile), agriculteur, Châteauroux. 1884

1827 — 35. **Darblay** (Jules), ✳, conseiller général du Loiret, Chevilly (Loiret). 1894

1880 — 91. **Daviau** (Raymond), Patay. 1893

1853 — 61. **Davoust** (Emile), propriétaire, Orléans. 1890

1857 — 64. **Debrou** (Paul), ancien avocat à la Cour de cassation, Paris. 1911

1887 — 88. **Deoressao** (Pierre), Orléans. 1890

1836 — 43. **Defay** (Charles), commis d'agent de change, Paris. 1876

1845 — 48. **Deflou** (Jules), négociant, Montargis. 1890

1838 — 43. **Dehals** (Paul), propriétaire, Orléans. 1891

.... — ... **Delacroix** (Saint-Clair), ✳, ingénieur en chef des ponts et chaussées, Orléans. 1870

1843 — 48. **Delafon** (Alfred), propriétaire, Villaines (Loiret). 1887

1841 — 48. **Delafon** (Edouard), ancien négociant, Olivet (Loiret). 1899

1838 — 45. **Delorme** (Anatole), ✳, président du Comité départemental de la Société de secours aux blessés, Orléans. 1892

1835 — 44. **Delpech** (Léopold), C. ✳, général en retraite, Versailles. 1891

1832 — 39. **Delzons** (Hector), ancien juge de paix, Orléans. 1896

1862 — 70. **Denance** (Camille), docteur en médecine, Varennes (Loiret). 1907

1860 — 68. **Denizeau** (Alfred), capitaine d'artillerie de marine, Saint-Louis (Sénégal). 1881

Date d'entrée au Lycée	Date de sortie du Lycée		Date du décès

MM.

1811 — 52. **Dequoy** (Camille), propriétaire, Sully-sur-Loire (Loiret). — 1837

1864 — 74. **Dervaux** (Henri), ✳, chef d'escadron d'artillerie en retraite, Orléans. — 1912

1852 — 55. **Desbois** (Henri), propriétaire, Romorantin. — 1906

1854 — 60. **Desbois** (Vincent), notaire, Orléans — 1897

1858 — 64. **Devaux** (Paul), juge au Tribunal civil d'Orléans, Orléans. — 1880

1838 — 47. **Deville** (Léon), ✳, ℧, chef de bureau honoraire au ministère de la Justice, Rueil (Seine-et-Oise). — 1899

1853 — 60. **Dezé** (Jules), ancien notaire, Grenoble. — 1912

1888 — 93. **Dezé** (Victor), ✳ capitaine à la Légion étrangère. — 1911

1875 — 78. **Diacre** (Jules), ✳, capitaine de frégate, Rapides du Mékong. — 1903

.... — ... **Diard** (Paul), inspecteur du chemin de fer d'Orléans, *ancien membre du Comité*, Tours. — 1874

1843 — 52. **Diard** (Paul), ancien préfet, Andernos (Gironde). — 1876

1850 — 55. **Distruit** (Alexandre), juge de paix, Pithiviers. — 1896

.... — ... **Doisy** (Edmond), ✳, conseiller à la Cour d'Orléans, Orléans. — 1871

1853 — 60. **Doliveux** (Georges), propriétaire, Beaugency. — 1888

1827 — 35. **Donatis** (Auguste), ℧, directeur honoraire de la Compagnie d'assurances *la Providence*, *ancien membre du Comité*, Paris. — 1898

1852 — 59. **Dreux** (Aurélien), Orléans. — 1906

1845 — 50. **Drufin** (Edmond), ancien percepteur, maire de la Chapelle-Saint-Mesmin (Loiret) — 1896

1811 — 50. **Dubec** (Anatole), notaire honoraire, ancien président de la Chambre des notaires d'Orléans, *président de l'Association*. — 1899

1842 — 48. **Dubec** (Jules), ✳, premier président de la Cour d'appel d'Orléans, *ancien membre du Comité*, Orléans. — 1898

1837 — 43. **Dubreuil** (Augustin), chef de bureau au chemin de fer d'Orléans, *ancien secrétaire-trésorier de l'Association*, Paris. — 1884

— 123 —

MM.

1831 — 82. **Duohé**, sous-lieutenant d'infanterie, Bac-Ninh.. 1884

1828 — 35. **Duorot**, G. O. ✻, général de division, Versailles. 1882

1870 — 82. **Duvau** (Louis), ✪ I., professeur suppléant au Collège France, Angers. 1903

1839 — 48. **Fascon** (Jules), avocat, Paris. 1883

1849 — 58. **Fassiaty** (Gustave), propriétaire, Paris. 1912

1868 — 76. **Fauchon** (André), ✻, capitaine d'infanterie, Cosne. 1902

1861 — 72. **Fauchon** (Georges), notaire, ancien président de la Chambre des notaires d'Orléans, Orléans. 1908

1846 — 55. **Fauchon** (Henri), constructeur-mécanicien, Orléans. 1893

1839 — 42. **Faure** (Henri), professeur en retraite, lauréat de l'Académie française, Paris. 1907

.... — ... **Féréol**, ✻, président de la Société des sauveteurs médaillés, Orléans. 1870

1837 — 45. **Féréol** (Félix), O. ✻, médecin honoraire des hôpitaux de Paris, secrétaire de l'Académie de médecine, *ancien membre du Comité*, Paris. 1891

1859 — 63. **Fleury** (Edouard), pharmacien, Gien. 1903

1834 — 40. **Fleury** (Jules), O. ✻, recteur honoraire de l'Université, ancien professeur et ancien proviseur du Lycée, Douai. 1887

.... — ... **Forceville** (Jules de), raffineur, Paris. 1831

1869 — 80. **Forestier** (André), secrétaire de la première présidence à la Cour d'appel de Paris, Paris. 1903

1853 — 58. **Fortier** (Paul), avocat, Orléans. 1886

1862 — 65. **Foucault** (Alfred), négociant, Montargis. 1898

1847 — 53. **Foucault** (Maurice de), ✻, ancien préfet, Paris. 1899

1844 — 50. **Fougère** (Eugène), ✻, chef du mouvement honoraire des chemins de fer de l'Est, *ancien membre du Comité*, Paris. 1901

1832 — 40. **Fougeron** (Emile), propriétaire, *ancien membre du Comité*, Orléans. 1909

1834 — 43. **Fougeron** (Paul-Elie), propriétaire, Orléans. 1884

1827 — 35. **Fourchault** (Alexandre), C. ✻, ancien colonel, Alger. 1884

Date | Date | | | Date
d'entrée de sortie | | | du décès
au Lycée du Lycée

MM.

1832 — 40. **Fourchault** (Maurice), notaire honoraire, Taverny
(Seine-et-Oise). 1904

1830 — 33. **Fournier** (Edouard), homme de lettres, Paris. 1880

1838 — 47. **Fousset** (Eugène), sénateur du Loiret, *ancien
membre du Comité*. 1900

1854 — 62. **Francheterre** (Gustave), notaire, Orléans. 1879

1855 — 61. **Fressinet de Bellanger** (Philibert, marquis de), ✳, _
ancien colonel des mobiles du Loiret. 1885

1866 — 74. **Friess** (Camille de), ۞, médecin de l'hôpital français Saint-Louis, à Jérusalem, Ajaccio. 1896

1836 — 44. **Gaillissans d'Oisis** (Joseph), professeur honoraire,
conservateur de la bibliothèque de Nevers, Nevers. 1893

1850 — 53. **Garnier** (Edouard), ۞ I., conservateur du musée
céramique de Sèvres, Sèvres (Seine-et-Oise). 1903

1848 — 52. **Garnier** (Jules), ancien pharmacien, Versailles. 1909

1856 — 65. **Gâtineau** (Albert), négociant, Orléans. 1879

1834 — 40. **Gauchard**, propriétaire, Dourdan (Seine-et-Oise). 1880

1873 — 80. **Gaucheron** (Georges, pharmacien, Orléans. 1900

1873 — 76. **Gaucheron** (Paul), directeur de l'agence du Crédit
lyonnais à Boulogne-sur-Seine, Paris. 1896

1840 — 48. **Gaudet** (Edouard), administrateur de la Société
générale, Paris. 1912

1843 — 50. **Gaullier** (Alphonse), notaire honoraire, Chartres. 1912

..... — .. **Gaullier** (Eugène), ancien président de la Chambre
des avoués de la Seine, Paris. 1882

1821 - 28. **Gaullier** (Henri), propriétaire, Chaumont-sur-Tha-
ronne (Loir-et-Cher). 1896

1849 — 58. **Gaullier** (Léonce), propriétaire, Chaumont-sur-Tha-
ronne (Loir-et-Cher). 1887

1844 — 48. **Gaullier** (Parfait), cultivateur à Prénouvellon (Loir-
et-Cher). 1884

1846 — 53. **Geffrier** (Ernest), avoué à la Cour honoraire, Orléans. 1909

1859 — 66. **Geneste** (Alexandre de la), O. ✳, général de brigade
du cadre de réserve, Lolainville (Loiret). 1908

Date d'entrée au Lycée	Date de sortie du Lycée		Date du décès

MM.

.... — ... **Genteur** (Maxime), ancien secrétaire général de la préfecture du Loiret. — 1871

1849 — 55. **Gentien** (Camille), ancien notaire, Paris. — 1895

1834 — 42. **Genty** (Augustin), ✳, ancien préfet, *ancien membre du Comité*, Loreux (Loir-et.Cher). — 1891

1834 — 41. **Genty** (Henri), conseiller honoraire à la Cour d'appel d'Orléans, Orléans. — 1901

1862 — 65. **Germain** (Paul), négociant en vins, Orléans. — 1893

1832 — 36. **Germon** (Alexis), ✳, ancien maire d'Orléans. — 1887

1844 — 53. **Get** (Eduoard), ancien négociant, Paris. — 1909

1860 — 67. **Gidoin** (Louis), ✳, ☩, chef de bataillon, Angers. — 1896

1842 — 46. **Gillet** (Léon), minotier, Meung-sur-Loire (Loiret). — 1906

1833 — 40. **Glaye** (Paul), ancien juge de paix, Orléans. — 1884

1854 — 62. **Gombault** (Albert), ✳, médecin des hôpitaux, Paris. — 1904

1855 — 60. **Gourdon** (Palma), G. O. ✳, vice-amiral, Paris. — 1913

.... — ... **Gouspillla** (Marcel), Saint-Jean-de-Braye (Loiret). — 1911

1830 — 42. **Gramain** (Achille), ✳, conseiller à la Cour d'appel d'Orléans, *ancien membre du Comité*, La Chapelle-Saint-Mesmin (Loiret). — 1891

1848 — 51. **Gravost** (Camille), ✳, ☩, notaire honoraire, Beaune-la-Rolande (Loiret). — 1912

1830 — 37. **Greffier** (Eugène), C. ✳, président honoraire à la Cour de cassation, *ancien président de l'Association*, Paris. — 1898

1860 — 66. **Grenet** (Albert), agriculteur, Ladon (Loiret). — 1910

1856 — 68. **Guenette** (Raoul), ancien pharmacien, Orléans. — 1889

1836 — 42. **Guérault** (Charles), ancien greffier du Tribunal civil de Tours, Tours. — 1887

1839 — 48. **Guérault** (Henry), ✳, docteur en médecine, Tours. — 1897

1825 — 34. **Guillon** (Charles), propriétaire, Saran (Loiret). — 1883

.... — ..† **Gury** (Ulysse), ✳, chef d'escadron en retraite, Montargis. — 1872

1831 — 35. **Hamel** (Adolphe), Paris. — 1898

1839 — 43. **Hazard** (Emile), propriétaire, Orléans. — 1894

MM.

1835 — 42. **Hersant** (Guillaume), O. ✳, chef de bataillon en retraite, Grandpré (Ardennes).   1898

1858 — 67. **Heurteau** (André), ✳, publiciste, Paris.   1901

1881 — 88. **Hiolet** (Edmond), maître répétiteur au Lycée, Alger.   1893

1869 — 80. **Hochard** (Gaston), artiste peintre, Saint-Ay (Loiret)   1913

.... — ... **Homassel**, inspecteur au chemin de fer de Lyon, *ancien membre du Comité*, Paris.   1872

1842 — 46. **Hôpital** (Alphonse de l'), ✳, agriculteur, conseiller général du Loiret, Orléans.   1904

1867 — 71. **Hossinger** (Xavier), ✳, capitaine d'infanterie de marine, Tamboura (Haut-Oubanghi).   1896

1867 — 75. **Houel** (Georges), notaire *ancien membre du Comité*, Paris.   1905

1893 — 97. **Houry** (René), rédacteur au Ministère des Finances, Paris.   1900

1849 — 57. **Huet** (Léon), Versailles.   1897

1866 — 69. **Hullen de Bulgari** (Raphaël), compositeur de musique, Enghien (Seine-et-Oise).   1889

1856 — 65. **Imbault** (Léonce), ✳, industriel, ancien capitaine à la garde mobile du Loiret, Paris.   1882

1833 — 41. **Imbault** (Louis), architecte, Orléans.   1881

1833 — 37. **Jacques** (Jules), banquier, Beaugency.   1884

1821 — 30. **Jahan** (Henri), O. ✳, ancien conseiller d'État, ancien sénateur, *président d'honneur de l'Association*, Paris.   1894

1848 — 57. **Jalouzet** (Camille), ✳, consul général de France en retraite, Vimory (Loiret).   1905

1863 — 76. **Jannin** (Anatole), docteur en médecine, Courbevoie (Seine).   1884

1830 — 37. **Janse** (Philibert), ✳, commandant honoraire du bataillon des sapeurs-pompiers, *ancien membre du Comité*, Orléans.   1891

1846 — 53. **Jarry** (Alphonse), rentier, Paris.   1907

1831 — 40. **Jarry** (Clair), ✪I., ancien pharmacien, Fontainebleau.   1897

1847 — 55. **Jarry** (Louis), ✪, avocat, Orléans.   1898

Date d'entrée au Lycée	Date de sortie du Lycée		Date du décès

MM.

1829 — 35. **Jonquières** (Ernest **Fauque de**), vice-amiral, membre de l'Académie des sciences, G. O. ✳, *ancien membre du Comité*, Paris. — 1901

1868 — 75. **Joudiau** (Lucien), capitaine aux tirailleurs tonkinois, Quang-Yen. — 1885

1840 — 47. **Jousselin** (Paul), ✳, ingénieur, *ancien membre du Comité*, Paris. — 1893

1822 — 29. **Jullien** (père), ancien banquier, Orléans. — 1889

1881 — 95. **Knauss** (Adolphe), directeur de la Compagnie du Gabon, Libreville (Congo français). — 1910

1868 — 76. **Lachouque** (Georges), ✳, Q, capitaine d'infanterie, Rouen. — 1904

1841 — 48. **Lacoste** (Ernest), ancien notaire, Orléans. — 1880

1833 — 42. **Lafontaine** (Albert), Q, ancien bâtonnier de l'Ordre des avocats à la Cour d'appel d'Orléans, *ancien membre du Comité*, Orléans. — 1900

1887 — 96. **Lahaye** (Georges), étudiant, Orléans. — 1905

1838 — 45. **Lallier** (Henri), docteur en médecine, Etampes. — 1884

1860 — 65. **Lamiche** (Georges), capitaine d'artillerie, Orléans. — 1877

1838 — 46. **Landreloup** (Gustave), Q, propriétaire, *ancien vice-président de l'Association*, Orléans. — 1897

1832 — 36. **Landron** (Charles), pharmacien, Meung-sur-Loire (Loiret). — 1889

1873 — 82. **Landron** (Maxime), tanneur, Henrichemont (Cher). — 1910

1836 — 42. **Launay** (Charles de), chef de bureau à la direction des chemins de fer de l'Est-Algérien, Paris. — 1888

.... — ... **Laurent**, recteur honoraire, Lyon. — 1870

1832 — 39. **Lavigerie** (Ernest de), ancien receveur des finances, Ciron (Indre). — 1898

1864 — 67. **Leclercq** (François), employé à la Compagnie des téléphones, Paris. — 1886

1854 — 63. **Lecomte** (Félix), attaché au chemin de fer du Sénégal. — 1883

1842 — 49.} **Leflocq**, professeur de rhétorique au Lycée, *ancien*
1860 — 68.} *membre du Comité*, Orléans. — 1868

MM.

1866 — 75. **Legendre** (Ernest), docteur en médecine, Bléneau (Yonne). 1884

1847 — 51. **Legroux** (Adrien), ✳, commandant en retraite, Orléans. 1892

1831 — 37. **Lemaignen** (Casimir), notaire honoraire, Montargis. 1881

1830 — 37. **Lemaire** (Félix), ancien professeur, Compiègne. 1899

1859 — 66. **Lenormant des Varannes** (Marius), ingénieur, Saint-Vincent-de-Blanzat (Puy-de-Dôme). 1912

1868 — 75. **Lepage** (Edouard), négociant en grains, *membre du Comité*. Orléans. 1913

1847 — 52. **Leplat** (A.), ancien négociant, Orléans. 1912

.... — ... **Lescanne** (Théogène), agriculteur, Saf (Algérie). 1873

.... — ... **Lesguillon** (Pierre), auteur dramatique, Paris. 1873

1823 — 32. **Lesourd** (Amédée), conseiller général du Loiret, Orléans. 1876

1839 — 76. **Lespieau** (Frédéric), capitaine d'infanterie de marine, Djenné (Soudan). 1893.

1842 — 45. **Lestang** (Lucien), notaire, Selles-sur-Cher (Loir-et-Cher). 1893

1856 — 61. **Leturcq** (Emile), ۝, notaire, maire de Lorris, Lorris. 1899

1884 — 86. **Lopiteau** (René de), étudiant en médecine, Orléans. 1892

1871 — 79. **Luiget** (Paul), principal clerc de notaire, Paris. 1904

1832 — 38. **Lion** (Eugène), négociant, Orléans. 1891

1864 — 71. **Lion** (Henri), négociant, Orléans. 1892

1827 — 34. **Loiseleur** (Jules), ✳, conservateur honoraire de la Bibliothèque de la ville, *ancien membre du Comité*, Orléans. 1900

1827 — 33. **Lorraine**, ✳, docteur en médecine, Orléans. 1890

1858 — 63. **Lour** (Eugène), propriétaire, Beaugency. 1890

1869 — 77. **Lubin** (Jules), receveur des domaines, Frontignan. 1884

1840 — 47. **Lucas** (Charles), O. ✳, officier supérieur en retraite, Saint-Ay (Loiret). 1894

1872 — 75. **Lucas** (Eugène), facteur aux halles, Paris. 1899

.... — ... **Lucas** (Jules), notaire, Orléans. 1870

1869 — 78. **Magot** (Armand), juge de paix, Bohain (Aisne). 1910

Date d'entrée au Lycée	Date de sortie du Lycée		Date du décès

MM.

1868 — 74. **Mahoudeau** (Frédéric), ✳, ingénieur civil, Paris. — 1909

1828 — 36. **Maisony de Lauréal**, ancien percepteur, Suette (Maine-et-Loire). — 1877

1850 — 57. **Malchère** (Henri), clerc de notaire, Orléans. — 1875

1822 — 50. **Maratuech**, économe en retraite, ancien commis d'économat au Lycée d'Orléans, Saumur. — 1887

1864 — 70. **Marcueyz** (Louis), négociant en charbons, Orléans. — 1908

1862 — 68. **Marin** (Georges), *ancien membre du Comité*, Orléans. — 1907

1859 — 65. **Marin** (Octave), *ancien membre du Comité*, Orléans. — 1908

1839 — 43. **Martenot** (Jules), ancien capitaine au long cours, directeur d'assurances, *ancien membre du Comité*, Orléans. — 1888

1821 — 27. **Martin** (Paul-Emile), président honoraire du Tribunal civil de Romorantin. — 1895

1888 — 92. **Martin** (Fernand), étudiant, Orléans. — 1896

1862 — 68. **Martin** (Rémy), propriétaire, Vatan. — 1905

1810 — 12. **Martin-Doisy**, inspecteur général en retraite des établissements de bienfaisance, Paris. — 1878

1828 — 35. **Masson-Dramard**, propriétaire, Orléans. — 1896

1872 — 82. **Matheron** (Pierre), étudiant, Orléans. — 1884

1874 — 78. **Mathieu** (Charles), négociant, Paris. — 1906

1878 — 84. **Ménard** (Jacques), docteur en médecine, Paris. — 1903

1862 — 67. **Ménard** (Marcel), ancien notaire, Saint-Benoist-sur-Loire (Loiret). — 1913

1880 — 88. **Ménard** (René), élève en pharmacie, Orléans. — 1891

1853 — 64. **Ménard** (Saint-Yves), ✳, membre de l'Académie de médecine, directeur de l'Institut de vaccine animale, *ancien président de l'Association*, Paris. — 1909

1856 — 59. **Merlin** (Eugène), agréé près le Tribunal de commerce, Orléans. — 1897

1871 — 83. **Méry** (Georges), négociant, Orléans. — 1894

.... — ... **Mesnard** (Charles), négociant, Authon-la-Plaine (Seine-et-Oise). — 1879

1863 — 67. **Meynieux** (Raoul), inspecteur des forêts, Dax. — 1904

9

Date
d'entrée
au Lycée

Date
de sortie
du Lycée

Date
du décès

MM.

1871 — 73. **Molinier** (Charles), professeur de faculté à Toulouse, ancien professeur au Lycée d'Orléans, Toulouse. 1911

1855 — 64. **Monmouceau** (Joseph), fabricant de limes, Orléans. 1871

1851 — 63. **Monmouceau** (Léonce), fabricant de limes, Orléans. 1897

1834 — 41. **Monvel** (Benjamin **Boutet de**), ✳, ❡, professeur honoraire de l'Université, *ancien membre du Comité*, Paris. 1898

1818 — 21. **Monvel** (Eugène **Boutet de**), ✳, ancien directeur de l'Ecole normale, Orléans. — 18.0

1851 — 57. **Monvel** (Paul **Boutet de**), docteur en médecine, Bourges. 1909

1868 — 74. **Morand** (Gaston), ancien imprimeur, Versailles. 1903

1842 — 48. **Morel** (Stanislas), ingénieur civil, Paris. 1880

1838 — 44. **Morize** (Ernest), ancien négociant, Orléans. 1895

1843 — 53. **Mouroux** (Henri), greffier en chef de la Cour d'appel, Orléans. 1888

1850 — 57. **Musson** (Achille), docteur en médecine, Orléans. 1884

.... — ... **Mutelse**, Belleville. 1869

1855 — 59. **Naudin** (Léon), O. ✳, ❡ I., ancien chef de division à la Préfecture de police, chef du personnel au Comptoir national d'escompte, Paris. 1903

1838 — 45. **Nicas** (Ernest), ✳, docteur en médecine, Fontainebleau. 1909

1841 — 46. **Noue-Billaut** (François **Colas de la**), O. ✳, ancien conseiller d'Etat, *ancien vice-président de l'Association*, Paris. 1899

1865 — 74. **Nouel** (Louis), sous-lieutenant d'infanterie, Cosne. 1880

1834 — 43. **Oller** (Isaac d'), docteur en médecine, Orléans. 1905

1835 — 43. **Orléans** (Albéric d'), O. ✳, lieutenant-colonel en retraite, Paris. 1892

1843 — 48. **Orsanne** (Louis, vicomte d'), maire de Mézières, Orléans. 1882

1840 — 46. **Ouvrard** (Henri), avocat, Orléans. 1887

1831 — 42. **Ouvré** (Henri), O. ✳, recteur de l'Académie de Bordeaux. 1890

Date   Date   Date
d'entrée de sortie   du décès
au Lycée du Lycée

MM.

1848 — 58. **Patay** (Camille), docteur en médecine, Orléans. 1893

1852 — 62. **Patorni** (Fernand), O. ✳, interprète principal de
l'armée, Alger. 1901

1852 — 59. **Patorni** (Napoléon), ✳, chef de bataillon d'infanterie, Saint-Quentin. 1888

1851 — 57. **Pavard** (Albert), brasseur, Saint-Germain-en-Laye
(Seine-et-Oise). 1888

1841 — 47. **Pelé** (Henri), ✪, ancien conseiller général, *ancien
membre du Comité*, Chartres. 1906

1830 — 38. **Pélerin** (Gabriel), avocat, Le Mans. 1885

1833 — 40. **Peragallo**, hommes de lettres, Paris. 1882

.... — ... **Pereira** (Alfred), préfet du Loiret, Orléans. 1871

1844 — 51. **Pereira** (Paul), O. ✳, général de brigade, Le Mans. 1886

1879 — 86. **Péron** (Albert), docteur en médecine, Paris. 1899

1843 — 49. **Pesty** (Ludovic), propriétaire, Orléans. 1893

1819 — 28. **Petau** (Gabriel), ancien député et ancien notaire. 1881

1864 — 72. **Petit** (Léon), ✳, docteur en médecine, Paris. 1910

1833 — 40. **Peyrot** (Eugène), ancien receveur du Bureau de
bienfaisance, Orléans. 1907

1857 — 59. **Phellion** (Ernest), négociant en vins, Orléans. 1907

1845 — 51. **Pierre** (Charles), conseiller général, maire de La
Ferté-Saint-Aubin, *ancien membre du Comité*. 1877

1846 - 52. **Pierre** (Théodule-Aurèle), O. ✳, ancien colonel,
Paris. 1900

1856 — 62. **Pillors** (Charles), banquier, Paris. 1894

1851 — 57. **Pinçon** (Albert), président du Syndicat agricole,
Orléans. 1891

1871 — 77. **Piprot** (Fernand), industriel, Paris. 1892

1832 — 40. **Plasman** (Ernest de), O. ✳, ancien procureur général, Montargis. 1902

1836 — 42. **Ploix** (Charles), O. ✳, ingénieur hydrographe en
retraite, Paris. 1895

1855 — 62. **Porcher** (Marcel), inspecteur au chemin de fer du
Nord en retraite, Orléans. 1900

.... — ... **Poumet** (Raymond), notaire, Paris. 1869

Date
d'entrée de sortie
au Lycée du Lycée

MM.

1817 — 22. **Poumet** (Ytier), docteur en médecine, *ancien membre du Comité*, Paris.   1891

.... — ... **Presle** (baron de), ✳, capitaine de la garde, Paris.   1870

1814 — 53. **Prudhomme** (Ambroise), docteur en médecine, Pithiviers.   1906

1852 – 64. **Puget** (Alfred), imprimeur, Orléans.   1885

1855 — 58. **Quétin** (Jules), vétérinaire, Neuvy-s.-Loire (Nièvre).   1904

1816 — 23 **Quinemont** (marquis de), O. ✳, ancien sénateur, Tours.   1883

1863 — 68. **Rabourdin** (Albert), docteur en médecine, Voves (Eure-et-Loir).   1912

1855 — 63. **Rabourdin** (Elie), ✳, directeur honoraire de la succursale de la Banque de France, Nantes.   1913

1855 — 58. **Rabourdin** (Lucien), résident de France à Sainte-Marie, Madagascar.   1891

1810 — 49. **Rabourdin-Grivot** (Emile), ✳, ancien maire d'Orléans.   1905

1841 — 47. **Ratouis** (Paul), propriétaire, Orléans.   1900

1845 — 54. **Ratouis de Limay** (Alexis), propriétaire, Paris.   1913

1857 — 62. **Refoulé** (Henri), représentant de commerce, Vincennes (Seine).   1892

1817 — 53. **Regnault** (Emile), notaire honoraire, Orléans.   1902

1848 — 58. **Renard de la Ferrière** (Edmond), ancien magistrat, Tours.   1897

1817 — 57. **Reynoird** (Emile), négociant-commissionnaire, *membre du Comité*, Paris.   1910

1850 — 54. **Reynoird** (Jules), rentier, Paris.   1911

1885 — 92. **Riby** (Léonce), conseiller d'arrondissement, Josnes.   1908

.... — ... **Richard** (Ernest), notaire, Terminiers (Eure-et-Loir).   1868

1822 — 28. **Richard** (Louis), ancien notaire, Orléans.   1882

1830 — 36. **Richault** (Louis), Q, banquier, président de la Chambre de commerce, *vice-président de l'Association*, Orléans.   1884

1856 — 61. **Rigault** (Emile), négociant, Pont-Rousseau (Loire-Inférieure).   1885

Date   Date
d'entrée de sortie
au Lycée du Lycée   Date
                                                               du décès

MM.

1831 — 39. **Ripault** (Edouard), ancien notaire, Châteaudun.   1902

1861 — 74. **Robert de Massy** (Gaston), architecte, Orléans.   1892

1821 — 28. **Robert de Massy** (Paul), ✻, ancien sénateur,
            Orléans.   1890

1865 — 74. **Robert de Massy** (Roger), ingénieur E. C. P.,
            Paris.   1884

1836 — 46. **Robineau-Breton** (Jules), propriétaire, *membre
            du Comité*, Orléans.   1903

1844 — 52. **Rogier** (Antony), agent de change, *ancien membre
            du Comité*, Orléans.   1888

1846 — 53. **Ronceray** (Louis), ✻, directeur honoraire de la
            succursale de la Banque de France, *ancien mem-
            bre du Comité*, Orléans.   1912

1822 — 27. **Rousse** (Auguste), propriétaire, Orléans.   1900

1831 — 38. **Sabatier** (Antonin), docteur en médecine, *ancien
            membre du Comité*, Pierrefonds.   1883

1856 — 62. **Saintoin** (Georges), négociant, Orléans.   1886

1821 — 27. **Sansco**, notaire honoraire, Orléans.   1882

1853 — 57. **Sébille** (Eugène), ۩, négociant, conseiller d'arron-
            dissement, Beaugency (Loiret).   1900

1854 — 61. **Servatius** (René), ✻, gouverneur civil du Sénégal.   1883

1856 — 61. **Simon** (Gabriel), ۩, ancien conseiller à la Cour
            d'appel, Orléans.   1913

1819 — 21. **Souque**, ✻, conseiller à la Cour d'appel, Orléans.   1876

1836 — 38. **Talbert** (Emile), O. ✻, proviseur honoraire, Paris. 1882

1879 — 89. **Talbot** (Jules), lieutenant d'artillerie, Philippe-
            ville (Algérie).   1897

1849 — 57. **Tardiveau** (Abel), publiciste, Evreux.   1905

1862 — 66. **Tartinville** (Arthur), professeur au Lycée Saint-
            Louis, membre du Conseil supérieur de l'instruc-
            tion publique, Paris.   1896

1845 — 51. **Théveny** (Edmond), ancien notaire, Saint-Bris
            (Yonne).   1893

1843 — 49. **Thibault** (Théophile), agriculteur, Villamblain
            (Loiret).   1902

Date d'entrée au Lycée	Date de sortie du Lycée		Date du décès

MM.

1881 · 92. **Tixier** (Octave), substitut du procureur de la République, Tours. ·   — 1905

1834 — 40. **Tonnelé** (Emile), avoué honoraire, maire de Saint-Pryvé-Saint-Mesmin (Loiret).   — 1896

1845 — 51. **Touche** (Albert), ✳, président de chambre honoraire à la Cour d'appel d'Orléans, *ancien vice-président de l'Association*, Orléans.   — 1909

1831 — 36. **Tranchau** (Hippolyte), ✳, 🟊 I., inspecteur d'académie honoraire, *secrétaire général de l'Association*, Orléans.   — 1896

1854 — 60. **Trutteau** (Georges), *ancien membre du Comité*, Le Perreux (Seine).   — 1903

1805 — 11. **Vallet**, O. ✳, docteur en médecine, Orléans.   — 1879

1838 — 39. **Vapereau** (Gustave), ✳, 🟊 I., ancien préfet, inspecteur général honoraire de l'instruction publique, *ancien secrétaire de l'Association*, Paris.   — 1906

1872 — 78. **Vappereau** (Wilfrid), ✳, contrôleur à la manufacture des tabacs, Pantin (Seine).   — 1909

.... — .. **Vaugrigneuse** (Ancelis, baron **de**), ✳, propriétaire, Paris. ·   — 1871

1832 — 40. **Vaugrigneuse** (Ernest de), ✳, chef de la comptabilité générale du chemin de fer d'Orléans, *ancien membre du Comité*, Paris.   — 1889

1839 — 45. **Vauzelles** (Ludovic **de**), ✳, conseiller honoraire à la Cour d'appel, Orléans.   — 1888

1845 — 55. **Vayssié** (Ludovic), propriétaire, Orléans.   — 1902

1853 — 56. **Véniel** (Georges), docteur en médecine, Paris.   — 1905

1832 — 37. **Vergand**, ✳, docteur en médecine, Orléans.   — 1877

1825 — 31. **Véron de Bellecour**, G. O. ✳, général de division, Arras.   — 1881

1874 — 83. **Verrière** (Eugène), banquier, Beaugency (Loiret).   — 1906

1854 — 62. **Viarmé** (Gustave), propriétaire, Orléans.   — 1908

1827 — 29. **Vignat** (Eugène), O. ✳, ancien député, ancien maire, Orléans.   — 1896

Date   Date
d'entrée de sortie
au Lycée du Lycée

Date
du décès

MM.

1864 — 70. **Vincent** (Frédéric), docteur en médecine, conseiller
général du Loiret, Villeneuve-d'Ingré (Loiret). 1907

1847 — 56. **Watson** (Georges), inspecteur principal à la Compagnie des chemins de fer du Nord, Amiens. 1893

1846 — 53. **Watson** (Michel), chef de gare, Boulogne-sur-Mer. 1904

1838 — 46. **Watbled** (Ernest), ✳, ✠, consul honoraire, Orléans. 1905

1858 — 66. **Weber** (Arthur), ✳, ancien notaire, Versailles. 1908

1867 — 73. **Weber** (Tony), avocat à la Cour d'appel, Paris. 1889

.... — ... **Wœstyn** (Cornill), ingénieur civil, Paris. 1882

CATALOGUE

des Livres composant la Bibliothèque

de l'Association des Anciens Élèves du Lycée d'Orléans

ACCOLAS (E): — Les obligations des commerçants. Paris, Delagrave, 1891.

Album amicorum (1887-19..).

Album de photographies des membres de l'Association.

AMBLARD (M.). — Excursion de la Société archéologique au château de Villebon. Chartres, 1895.

ANQUETIL (A). — Nouveau fragment d'une traduction de Juvénal (satire XIV). Versailles, 1880.

ANTHOINE (E.). — A travers nos écoles. Souvenirs posthumes. Paris, Hachette, 1887.

ARCHAMBAULT (St-Elme). — Etangs et cours d'eau de Sologne. Romorantin, 1891.

ARNOUX (Ed.). — Le cadastre en France. Berger-Levrault, Nancy, 1890.

AUGÉ (Docteur Jules). — Du traitement des fièvres intermittentes. Paris, 1881.

AUVRAY (Lucien), ancien conservateur des forêts. — Son discours à l'Hôtel Continental, le 4 février 1889.

— Position des thèses soutenues par les élèves de la promotion de 1885 pour obtenir le diplôme d'archiviste paléographe. Paris, 1885.

— Notice sur le manuscrit ottobonien 2966. Rome, 1886.

— Une source de la Vita Roberti regis du moine Helgaud. Rome, 1887.

— Jugements de l'échiquier de Normandie du XIIIe siècle (1214-1248), 1888.

— Deux manuscrits de Fleury-sur-Loire et de Ferrières conservés au Vatican. Orléans, Herluison, 1889.

— Les manuscrits de Dante des bibliothèques de France. Paris, 1892.

AUVRAY (Lucien). — Documents orléanais du xii⁰ et du xiii⁰ siècles. Orléans, Herluison, 1892.

— Inventaire sommaire des manuscrits italiens acquis par la Bibliothèque nationale (1886-1892), 1892.

— Le manuscrit original de la chronique de Saint-Serge d'Angers, 1892.

— Documents parisiens tirés de la bibliothèque du Vatican, vii⁰ au xiii⁰ siècle. Paris, 1892.

— Correspondance inédite entre Gaetano Marini et Isodoro Bianqui. Rome, 1893.

— Notice sur quelques cartulaires et obituaires français conservés à la bibliothèque du Vatican. Paris, 1894.

— Lettres inédites de Pierre Charron. Paris, 1894.

— Note sur un ancien manuscrit de l'abbaye de Saint-Denis (Vatican), 1894.

— Les funérailles du cardinal Bertrandi à Venise en 1560. Paris, 1900.

— ; Giordano Bruno à Paris. Paris, 1901.

— Documents sur les guerres de religion dans l'Orléanais. Orléans, Herluison, 1902.

— Chartes anciennes, manuscrit et fragments de manuscrits de la collection de Mᵍʳ Desnoyers. Besançon, 1902.

— Mélanges Paul Fabre (études d'histoire du moyen âge). Paris, 1902.

— Louise de Bassompierre. Paris, 1903.

— Un recueil de pièces sur l'abbaye de Rozoi-le-Jeune. Fontainebleau, 1905.

— Inventaire d'une collection de lettres de cardinaux des xvi⁰ et xvii⁰ siècles. Paris, Plon-Nourrit, 1905.

BAGUENAULT DE PUCHESSE (G.). — Expédition du duc de Guise à Naples (voir Loiseleur).

BAILLY (Anatole). — Les archives de l'Académie d'Orléans, par J. Loiseleur, rapport sur ce mémoire. Herluison. 1872.

— Sa vie et ses travaux, 1883-1911. Paris, Hachette, 1913.

BANCHEREAU (Jules). — Gustave Vapereau (1819-1906). Orléans, Goût, 1907.

BARBOUX (Henri). — Discours prononcé à l'ouverture de la conférence des avocats, 1881. Paris.

— Discours et plaidoyers. Paris, 1889.

— Discours prononcés à ses funérailles, 27 avril 1912. Paris.

BASTARD. — Carte de l'Indo-Chine, 1893.

BAUDOUIN (Pierre et Marcel). — Jeanne d'Arc, drame. Paris, 1898 (don de Ch. Péguy).

BAUGEY (Georges). — De la condition légale du culte israélite en France et en Algérie. Paris, 1899.

BEZANÇON (Fernand). — Discours prononcé au banquet de l'Association des anciens, 8 juin 1907.

— Discours prononcé le 15 décembre 1909, à l'inauguration du buste du docteur Saint-Yves Ménard *(Revue de pathologie comparée).*

BILLARD (Georges). — Action de la médication salicylique dans le traitement des pleurésies de nature céreuse (Thèse). Paris, Jouve, 1891.

BLIN (docteur). — 16 photographies de Abomey, Cotonou, Ouidah, Allada, Savalou.

BOCCON-GIBOD. — Notice et discours prononcés à ses obsèques, 3 février 1899.

BONNICHON (G.). — Polichinelle (bouffonnerie en un acte), 1877.

— Le fidéi commis (comédie), Tours, Mame, 1878

— Le Bonheur, poésie, Tours, 1881.

BOREAU-LAJANADIE. — Charles Fabre de la Benodière, ancien conseiller à la Cour de Bordeaux, 1827-1801, ancien élève du Collège royal d'Orléans. Paris, Jacob, 1892.

BOUCARD (Max). — La vie de Paris. Paris, Ollendorf, 1892.

BOUCHER DE MOLANDON. — Notice nécrologique sur M. de la Place de Montévray. Orléans, 1841.

— Notice nécrologique sur M. A.-P. Costé. Orléans, 1843.

— Etude sur une bastille anglaise du xve siècle. Orléans, Jacob, 1856.

BOUCHER DE MOLANDON. — Note de Guillaume Giraut, notaire au Châtelet d'Orléans, sur la levée du siège de 1429.

— Rapport sur l'inventaire et le classement de la bibliothèque de la Société archéologique de l'Orléanais. Orléans, Jacob, 1865.

— Compte moral de la situation financière de la Société archéologique de l'Orléanais, Jacob, 1867.

— Charte d'Agius, évêque d'Orléans au IXe siècle (ancienne chapelle Saint-Aignan). Imprimerie Jacob, 1868.

— Nouvelles études sur l'inscription romaine trouvée récemment à Mesves (Nièvre). Jacob, 1868.

— Notices nécrologiques sur MM. l'abbé Rocher 1868, Alfred de Puyvallée, 1871, François Maupré 1876, Alfred Giraud 1880, abbé Patron 1882, comte du Faure de Pibrac, 1886. Orléans.

— La Société archéologique de l'Orléanais, comptes rendus 1872 et 1877. Orléans, Jacob.

— La Salle des thèses de l'Université d'Orléans. Orléans, Herluison, 1872.

— Station préhistorique au bord de l'Essonne. Orléans, Herluison, 1874.

— Première expédition de Jeanne d'Arc (le ravitaillement d'Orléans). Orléans, Herluison, 1874.

— Note sur un grand tournoi de saint Louis, trouvé à Reuilly, commune de Chécy. Orléans, Herluison, 1878.

— La citadelle de la porte Bannier (le capitaine Caban). Orléans, Jacob, 1879.

— Antoine Brachet. Orléans, Herluison, 1880.

— Les comptes de ville d'Orléans des XIVe et XVe siècles. Orléans, Herluison, 1880.

BOUCHER DE MOLANDON. — Elections communales du 6 mars 1845. Paris, Imprimerie nationale, 1881.

— Documents orléanais du règne de Philippe-Auguste. Orléans, Herluison, 1881.

— Inventaire des livres, joyaux, ornements, reliquaires, etc., de l'église Saint-Paul d'Orléans fait à la requête des gagiers deladite église, le 28 janvier 1462, par Jean Gidoin, notaire. Paris, Imprimerie nationale, 1882.

— La délivrance d'Orléans et l'institution de la fête du 8 mai, chronique anonyme du xve siècle. Orléans, Herluison, 1883.

— Inscriptions tumulaires des xie et xiie siècles à Saint-Benoît-sur-Loire. Orléans, Herluison, 1884.

— Jacques d'Arc, père de la Pucelle. Orléans, Herluison, 1885.

— Complainte orléanaise du xiiie siècle avec sa notation musicale, retrouvée par M. Léopold Delisle. Orléans, Herluison, 1886.

— Rapport sur le concours de la Société archéologique en 1885. Orléans, 1887.

— Nouveau témoignage relatif à la mission de Jeanne d'Arc. Herluison, 1885.

— Eglise Saint-Pierre de Chécy, nouvelles inscriptions commémoratives inaugurées en 1883, posées en 1887. Orléans, Herluison, 1887.

— Le tumulus de Reuilly, son vase funéraire à cordons saillants. Orléans, Herluison, 1887,

— Jacques Boucher, sieur de Guilleville et de Mézières. Orléans, Herluison, 1889.

— Pierre du Lys, 3e frère de la Pucelle. Orléans, Herluison, 1890.

— La famille de Jeanne d'Arc : son séjour dans l'Orléanais. Orléans, Herluison, 1878.

BOUCHER DE MOLANDON. — Janville : son donjon, son château, ses souvenirs du xv⁰ siècle, Jeanne d'Arc. Orléans, Herluison, 1886.

— La maison de Jeanne d'Arc à Domrémy et Nicolas Gérardin. Orléans, Herluison, 1884.

— La tour du Heaume. Jacob, 1885.

BOUVIER (Armand), ancien professeur au Lycée d'Orléans. — Les Mirabeau d'après les autographes de la Bibliothèque d'Orléans.

BREDIF (Emile). — Attributions financières du Sénat romain sous la République.

— De la protection des œuvres photographiques. 1891.

BROUARDEL. — Discours prononcé à la distribution des prix du Lycée Michelet, 31 juillet 1888.

— Fédération des œuvres antituberculeuses françaises, hommage au docteur Brouardel. Paris, 1903.

BUDON (Adrien). — Social-démocratie pratique. Thèse pour le doctorat. Orléans, 1903.

CAPERON (Maurice). — Pêches et chasses aux iles Saint-Pierre et Miquelon. Saint-Pierre, 1889.

CHABRIER (Albert). — Les orateurs politiques de la France, 1302-1830. Paris, Hachette, 1888.

CHASSAIGNE (René). — De l'équitation. Paris, Germer-Baillière, 1870.

CHIPAULT (Antony). — Etudes sur les mariages consanguins. Paris, Germer-Baillière, 1863.

— De la résection sous-périostée dans les fractures de l'omoplate par armes à feu. Orléans, Ernest Colas, 1871.

— Fractures par armes à feu. Paris, Germer-Baillière, 1872.

— Du traitement des maladies charbonneuses chez l'homme. Paris, Germer, 1880.

CŒURET (Auguste). — Manuel du petit marin. Paris, Gaume, 1884.

— La Bastille, 1370-1789. Paris, Rothschild, 1890.

CONS (Henri). — Introduction à la géographie physique de l'Europe. 1878.

— L'Austro-Hongrie et l'Italie. Montpellier, 1879.

— Les Pays-Bas, leçon d'ouverture. Montpellier, 1880.

Cons (Henri). — L'Aude, ses alluvions et le port de Narbonne, Montpellier, 1882.

— La province romaine de Dalmatie (thèse de doctorat). Paris, 1882.

— La Sénégambie en 1883.

— La colonisation française au Canada. Douai, 1884.

— Le Nord pittoresque de la France. Paris, 1888.

— L'Empire colonial allemand, conférence. Douai, Dutilleul, 1891.

— Précis d'histoire du commerce. Paris, Berger-Levrault, 1896.

— De l'influence des littératures picarde et wallonne sur la littérature française du XIIIe siècle à l'époque de la Renaissance. Tournai, 1896.

Cornu (Alfred). — Notice sur l'électricité.

— Inauguration de la statue d'Ampère à Lyon. 1888.

— Rôle de la physique dans les récents progrès des sciences, 1890.

— Sur la méthode Doppler Fizeau, vitesse des astres, 1891.

— Conférences sur la photographie. Paris, 17 janvier 1892.

— Discours prononcé à l'inauguration de la statue de Fr. Arago. 1893.

Cornu (Maxime). — Le phylloxéra vastatrix. Paris, 1878.

— Observations sur le phylloxéra et les parasites de la vigne. Paris, 1881 et 1882.

Courajod (Elisée). — La Compagnie du chemin de fer d'Orléans. Paris, Rousseau, 1912.

Courcy (marquis DE). — La coalition de 1701 contre la France. Plon-Nourrit, 1886.

— L'Espagne après la paix d'Utrecht. Plon-Nourrit, 1891.

Courtin-Rossignol — Installation des président et juges du Tribunal de commerce d'Orléans. 1899. (En collaboration avec Georges Dessaux.)

Croissandeau (Jules). — Guillaume de Lorris et Jehan de Meung : le Roman de la Rose. Edition augmentée d'une traduction en vers suivie de notes par Pierre Marteau et Jules Croissandeau. Orléans Herluison, 1878-1880.

DAMOURETTE (Émile). — L'agriculture et le crédit. Paris, 1881.

DEBACQ (G.). — Fête de son cinquantenaire. Paris, 1912.

DENIZET (II.). — Le 78ᵉ mobile au combat du fort de Joux, passage en Suisse. Herluison, 1891.

     —   Le crédit agricole. Michau, 1892.

DESHAYES (Docteur Henri). — Contribution à l'histoire de la taille et de la castration. Orléans, Puget, 1882.

DESSAUX (Georges). — Installation de président et juges, tribunal de commerce 1895 et 1899. Michau.

       —   Le Loiret à l'exposition universelle de Paris en 1900. Orléans, 1902.

       —   Centenaire de la Chambre de commerce, 1803-1903. Orléans, 1903.

       —   Travail sur la Loire navigable.

DEVAUX (Jules). — Le Gâtinais au temps de Jeanne d'Arc. Orléans, Herluison, 1887.

       —   Essai sur les premiers seigneurs de Pithiviers. Herluison, 1887.

       —   Mémoire sur l'élection de Pithiviers en 1698. Herluison, 1889.

       —   La famille d'Alfred de Vigny. Herluison, 1892.

       —   Petits problèmes historiques. Herluison, 1892.

DEVAUX (Louis). — Protection internationale des inventions brevetées. 1892.

DIÉTRICH (Auguste). — Jacques Richard et la presse. Paris, Charpentier, 1886.

DONATIS. — Catalogue de sa collection de tableaux, aquarelles, etc. 1897.

DUMESNY (André). — De l'action révocatoire des créanciers du disposant. Paris, 1902.

DUVAU (Louis) — Glossaire latin-allemand, extrait d'un manuscrit de 1701. Rome, 1888.

       ···   Ciste de Préneste. Rome, 1890.

       —   Les poëtes de cour irlandais et scandinaves. Paris, 1896.

       —   Formation de la mythologie scandinave. Paris, 1899.

       —   Mythologie figurée de l'Edda. 1901.

Duvau (Louis). — Sur la prononciation du gaulois. 1901.

— Entre camarades : notes de sémantique. Paris, Alcan, 1901.

— A propos des initiales latines. Imprimerie nationale, 1902.

Fanton (Touvet-Richard). — Considérations sur les anomalies des dents humaines. Thèse. Paris, Baillière, 1882.

Fanton. — Appareil dentaire en aluminium. Notice sur la tuberculose dentaire. Paris, Baillière, 1885.

— Observations sur la réimplantation des dents. Paris, 1891.

— Les cendres de Jeanne d'Arc. Paris, Baillière, 1891.

Fauconnet (Georges). — Liste des victimes du tribunal révolutionnaire. Paris, Picard, 1911.

Faure (Henri). — Le dieu Endovellice (Bulletin de la Société d'émulation de l'Allier).

— Antoine de Laval. Moulins, 1870.

— Les femmes dotées au théâtre et dans le monde. Paris, 1872.

— Histoire d'une faculté. Moulins, 1876.

— Les drames de l'histoire. Moulins, 1878 et 1879.

— L'homme dans Camoëns. Moulins, 1880.

— Camoëns, poème traduit du portugais. Moulins, 1883.

— Etudes sur l'épopée et sur Camoëns, traduit du portugais. Moulins, 1883.

— Lainsnée fille de fortune. Moulins, 1888.

— Le patriotisme, conférence. Bulletin de la réunion des officiers. Moulins, 1889.

— Cœurs héroïques, drame. Moulins, 1889.

— Quelques bizarreries de la langue française, dialogue en vers entre un instituteur et son élève.

— Conférences à l'occasion du 4e centenaire de la découverte de l'Amérique. Christophe Colomb. Vichy, 1892.

— Le mythe de l'amour, comédie. Moulins, 1893.

— Jack l'éventreur, comédie. Moulins, 1894.

— Le maréchal de Villars, conférence à la réunion des officiers de Moulins. Moulins, 1894.

— Mondor et Mascarille, comédie. Moulins, 1896.

— Madame Roland, drame. Paris, 1896.

FAURE (Henri). — Allez donc à Paris, comédie. Moulins, 1897.

— Le puissant Damastor, conte fantastique. Moulins, 1897.

— La jeune fille aux rossignols. Moulins, 1899.

— Comité Vasco de Gama du département de l'Allier. Moulins, 1898.

— Les deux remords d'Arlequin. Moulins, 1900.

— Les deux derviches. Moulins, 1900.

— Histoire de Moulins. Moulins, 1900.

— Le fiancé d'Elvire, comédie Moulins, 1901.

— Dieu, famille, patrie. Paris, 1901.

— Lueur d'espoir, épisode du siège de Paris. Moulins, 1901.

— Dans les Vosges, janvier 1871. Moulins, 1902.

— La quenouille d'Hercule, comédie. Moulins, 1904.

— La pupille de Figaro, opéra-comique. Paris, 1904.

— Lili s'est corrigée, comédie enfantine. Moulins, 1905.

— Les Açores, Mozambique, Portugal, revue française de l'étranger et des colonies. 5 bulletins.

— Les femmes portugaises par Anna de Castro Osorio, traduit du portugais. Paris, 1906.

— Le fou de la cour, traduit du portugais.

— Bulletin de la réunion des officiers de réserve. Conférence sur la revanche au XVIᵉ siècle. Moulins, 1892.

FLEURY. — Histoire d'Angleterre. Hachette, 1879-1881.

FOUGÈRE (Eugène). — Notes sur les fêtes franco-russes et la revue de Châlons. Paris, 1896.

FOUGEU (Paul). — Programme d'un concours d'explications d'auteurs
(donateur) latins au Collège royal d'Orléans, 31 août 1728.

— Programme de la pièce « Les faux amis », jouée au Collège royal d'Orléans. 24 mars 1747.

— Programme d'un concours d'interprétations d'auteurs latins au Collège royal d'Orléans, 11 août 1769.

— Programme de thèses générales de mathématiques soutenues au Collège d'Orléans, 20 juin 1789.

— Exercices publics et distribution de prix, pension Roget, cloître Saint-Etienne, 8. Orléans, septembre 1806.

10

Fougeu (Paul). — Un lot de palmarès du Lycée d'Orléans de 1824 à
    1865, moins 6 années.

—   Don d'une Notice nécrologique sur M. Harris,
        ancien professeur d'anglais au Lycée d'Orléans,
        1832-1906.

Fournier (Edouard). — Souvenirs historiques et littéraires du dépar-
        tement du Loiret. Orléans, 1847.

—   Un prétendant portugais au XVIe siècle. Paris,
            chez l'auteur, 1852.

—   Les lanternes, histoire de l'ancien éclairage de
            Paris. Dentu, 1854.

—   Variétés historiques et littéraires. Paris, Jannet,
            1855, 10 volumes.

—   La Charmeuse, opéra-comique. Paris, Michel
            Lévy, 1858.

—   Histoire du Pont-Neuf. Paris, Dentu, 1862.

—   Corneille à la butte Saint-Roch, comédie. Paris,
            Dentu, 1863.

—   Racine à Uzès, comédie. Paris, Dentu, 1865.

—   La comédie de J. de la Bruyère. Paris, Dentu,
            1866.

—   Dans un étui, comédie. Paris, 1866.

—   Causeries littéraires : Observation sur l'ortho-
            graphe ou ortografie française. 1868.

—   Gutemberg, drame. Paris, Dentu, 1869.

—   Le roman de mon oncle, comédie. Paris, Laplace,
            1873.

—   Le Vieux neuf. Paris, Dentu, 1877.

—   Le livre commode des adresses de Paris, par
            Abraham du Pradel (Nicolas de Blegny).
            Paris, Daffis, 1878.

—   L'esprit des autres. Paris, 1879.

—   Souvenirs poétiques de l'école romantique de
            1825 à 1840. Paris, Laplace, 1880.

—   OEuvres poétiques de N. Boileau. Paris, Laplace,
            1880.

—   Paris démoli. Paris, Dentu, 1883.

FOURNIER (Edouard). — Le théâtre français au XVIe et au XVIIe siècles. Paris, 1883.

— Histoire de l'imprimerie. Paris, Delahays.

— Le mystère de Robert le Diable. Paris, Dentu.

GARNIER (Edouard). — Histoire de la céramique. Tours, Mame, 1882.

— Histoire de la verrerie et de l'émaillerie. Tours, Mame, 1886.

— L'industrie de la porcelaine en France au XVIIIe siècle. Conférence à Limoges, 1890.

— Catalogue du musée céramique (faïences). Paris, Leroux, 1897.

GAULTIER DE LA FERRIÈRE. — Thiroux de Crosne. Discours, Rouen, 1878.

GENTY (Alcide). — At home, poésies, don de M. Hippolyte Tranchau. Paris, Hetzler.

GODOU (Alexandre). — Louis Roguet. Orléans, 1882.

— Observations sur le projet du gouvernement relatif à la réorganisation judiciaire, 1882 et 1883. Orléans.

— Deux chartes relatives à l'abbaye de la Madeleine à Châteaudun. Orléans, Herluison, 1887.

— Eudoxe Marcille, directeur du musée de peinture, Orléans, 1891.

GOURDON (Palma), amiral. — Discours prononcé au banquet des anciens, 8 juin 1907, Orléans.

GOYAU (Georges). — Chronologie de l'Empire romain. Paris, Klinecksieck, 1891.

— La numidia militiana de liste de Vérone. Rome, 1893.

— Correspondance inédite entre Gaëtano Marini et Isidoro. Bianqui. Rome, 1893 (voir Lucien Auray).

GREFFIER (Eugène). — Formation et revision des listes électorales. Paris, 1882 et 1891.

— Empire colonial de la France. Paris, 1896.

GUÉRIN (Edmond). — Thèse pour la licence. Alger, 1879.

— Traité de contentieux en matière de contributions indirectes. Alger, 1891.

Guérin (Edmond). — Recherches sur les quatuor publica Africœ. Meaux, 1900.

Guerrier (L.). — Notice sur Louis-Hippolyte Tranchau. Orléans, Herluison, 1896.

Guillaume de Lorris et Jehan de Meung. — Le roman de la rose. Edition accompagnée d'une traduction en vers, suivie de notes, par Pierre Marteau et Jules Croissandeau. Orléans, Herluison, 1878-1880. (Don de Jules Croissandeau.)

Harris (Georges), ancien professeur d'anglais au Lycée d'Orléans. 1832-1906 (notice sur).

Hazard (Paul). — De la liberté de l'art dramatique. Paris, 1869.

Herluison. — Alfred Cornu, membre de l'Institut. Orléans, Marron, 1902.

Heurteau (Edouard). — Contribution à l'étude des conséquences tardives des lésions traumatiques de la moelle épinière. Paris, 1890.

Houel (Georges). — La Reveillère-Lepeaux en Sologne. Orléans, Pigelet, 1904.

d'Hubert (E.). — Thèses présentées à la Faculté des sciences de Paris Paris, Masson, 1896.

— Encyclopédie technologique et commerciale : les matériaux de construction, la métallurgie. Paris, Germer-Baillière, 1902-1904.

— La vie des plantes, collection A.-E. Brehm, merveilles de la nature. Paris, Germer-Baillière, 4 fascicules.

Imbault. — Façade occidentale de l'ancien Hôtel de ville d'Orléans. Orléans. Herluison, 1875.

Jacquemart (Paul). — Rapport sur l'enseignement technique. Paris, 1891.

— Notions de technologie. Paris, Delagrave.

Jadart. — Jeanne d'Arc à Reims. Reims, 1827.

Jalaguier (Paul). — La méthode expérimentale et son application à la théologie. Paris, 1901.

Jalouzet. — D'un article du Code civil, 2148 : Inscription hypothécaire. Paris, 1879.

Jannin (A.). — Traitement de certaines affections chirurgicales du membre supérieur. Paris, 1883.

Jarry (Louis). -- Renée de France à Montargis, épisode des guerres religieuses. Orléans, Herluison.

JARRY (Louis). — La librairie de l'Université d'Orléans. Orléans, Herluison, 1873.

— Un cantique inédit de Charles Sevin, d'Orléans, chanoine d'Agen. Orléans, Herluison, 1878.

— Dom Géroce, bénédictin de la congrégation de Saint-Maur. Sa vie et ses travaux littéraires. Orléans, Herluison.

— La guerre des sabotiers de Sologne et les assemblées de la noblesse, 1653-1660. Orléans, Herluison.

— Une tombe du XIVe siècle à Saint-Euverte. Orléans, Herluison.

— Guillaume de Lorris et le testament d'Alphonse de Poitiers. Orléans, Herluison, 1881.

— Les débuts de l'imprimerie à Orléans. Orléans, Herluison, 1884.

JONQUIÈRES (vice-amiral DE). — Fête annuelle des délégués des patronages de Paris, 8 mai 1887, discours. Versailles.

— Fête littéraire au pensionnat des frères des Ecoles chrétiennes, allocution. Passy, 20 janvier 1887.

— Rapport sur le budget de 1887 de la Société centrale de sauvetage des naufragés. Paris, 1887.

— Notice sur Bréguet. Paris, 1886.

Journal du Loiret, supplément, 1808. — Articles de Boucher de Molandon, Tranchau, Denizet, etc.

JOUSSELIN (Paul). — L'ingénieur Jousselin, souvenirs, 1776 à 1858. Paris, 1880.

JOVY (Ernest). — Principes de philologie comparée de Sayce. Paris Delagrave, 1884.

— Le patriotisme, discours de distribution de prix. Loudun, 1885.

— Guillaume Prousteau. Paris, 1888.

— L'éloquence politique en France au XIXe siècle, conférence. Vitry-le-François, 1889.

— La jeunesse, discours de distribution de prix. Vitry-le-François, 1889.

Jovy (Ernest). — Bossuet, prieur de Gassicourt-les-Mantes, et Pierre du Laurence. Vitry, 1891 et 1898.

— Les poésies d'Eugène Manuel, conférence. Vitry, 1891.

— Un juge d'Urbain Grandier, Louis Trinquant, biographe inédit de Salmon Macrin, Loudun, 1892.

— Documents sur la Société populaire de Vitry-le-François pendant la Révolution. Vitry, 1892.

— Le Collège de Vitry-le-François et la poésie latine. Vitry-le-François, 1892.

— Les exercices dramatiques et littéraires et les distributions de prix au Collège royal des P. P. de la doctrine chrétienne de Vitry-le-François. Vitry-le-François, 1893.

— Essai de solution d'un petit problème d'histoire littéraire relatif à Pascal. 1894.

— Chasseurs d'autrefois à Saint-Remy-en-Bouzemont, Larvicourt et Arrigny. Vitry-le-François, 1895.

— Les vacances, allocution de distribution de prix. Poitiers, 1896.

— Pierre Herbert de Couvret et son voyage en Italie, Rome, 1847. Vitry-le-François, 1896.

— Le journal de Marie Bashkirtsess, conférence. Poitiers, 1896.

— Le testament de Guillaume Le Roy, abbé de Hautefontaine. 1896.

— Jeanne d'Arc, conférence. Poitiers, 1897.

— Une oraison funèbre inconnue de Bossuet. Vitry-le-François, 1897.

— Spicilège de Vitry. Tome 1er. Vitry, 1899.

— François Tissard et Jérôme Aléandre. Vitry, 1899, 1er fascicule.

— Un extrait inédit des mémoires de M. Domyné de Verzet, bienfaiteur de la ville de Vitry-le-François. Vitry-le-François, 1900.

— Un document inédit sur le séjour de Jean-Jacques Rousseau à Grenoble en 1768. Vitry-le-François, 1898.

— Deux poésies oubliées en l'honneur de Bossuet. Vitry, 1899.

Jovy (Ernest). — Une biographie inédite de Jacques-Bénigne Bossuet, de Troyes. Vitry-le-François, 1901.

— Bossuet et la Visitation de Meaux, d'après quelques lettres circulaires de ce monastère. Vitry-le-François, 1900.

— La poésie patoise à Possesse, Jean-Baptiste Leroy. Vitry-le-François, 1903

— Un opuscule attribuable à Pascal. — Les réflexions sur les vérités de la religion chrétienne. Vitry-le-François, 1903.

— Etudes et recherches sur Jacques-Bénigne Bossuet, évêque de Meaux. Vitry-le-François, 1903.

— Pour quelle raison et à quelle date La Fontaine cessa-t-il d'être maître des eaux et forêts. Vitry-le-François, 1904.

— Les mémoires inédits de Mathieu Feydeau, curé de Vitry-le-François. Vitry-le-François, 1905.

— Quelques notes sur Pascal. Paris, 1905.

— Quelques lettres inédites de la marquise du Chatelet et de la duchesse de Choiseul, 1745-1775. Paris, 1906.

— Trois documents inédits sur Urbain Grandier et un document peu connu sur le cardinal de Richelieu. Paris, 1906.

— Scènes judiciaires vitryates, immédiatement, avant et après Valmy. Vitry-le-François, 1908.

— La cour de France et Bossuet à Vitry-le-François, en mars 1680, avec un appendice sur Pierre Langault et la seigneurie de Bignicourt-sur-Saulx, Vitry-le-François, 1911.

— La mission du conventionnel Pierret dans la Haute-Loire en l'an III, 1794-1795. Le Puy, 1908.

— Pierre Ostome de Matignicourt et l'ancien contrôleur général d'Ormesson. Vitry, 1908.

— Pascal inédit. Vitry-le-François, 1908, 1910 et 1912.

— Le baccalauréat et la licence in utroque jure de Massillon à l'Université d'Orléans. Paris, 1909.

— L'oraison funèbre de M. de Branges, curé de Vitry-le-François, 1783-1787. Vitry-le-François, 1909.

Jovy (Ernest). — Les mésaventures d'un écolier vitryat, Philippe Bédigis, en 1777 et 1782. Vitry-le-François, 1909.

— Guillaume Prousteau, recteur de l'Université d'Orléans, et son récit d'une délibération tumultueuse des professeurs de cette Université en décembre 1802. Vitry-le-François, 1909.

— Quelques lettres inédites d'André-Marie Ampère. Vitry-le-François, 1910.

— Deux inspirateurs peu connus des maximes de La Rochefoucauld, Daniel Dike et Jean Verneuil. Vitry-le-François, 1910.

— L'étude d'Homère et de Virgile au collège parisien de la Marche en 1757. Vitry-le-François, 1911.

— Une exhortation à Jacqueline Pascal. Paris, 1911.

— De Paris à Strasbourg, voyage de quatre visitandines en 1701. Paris, 1911.

— Un résumé d'histoire vitryate composé au XVIIIe siècle. Vitry-le-François, 1911.

— Six lettres originales de Bossuet, dont deux inédites. Paris, 1912.

— Quelques lettres inédites à Nicolas Thoynard. Paris, 1912.

— Domat, poète latin malheureux. Paris, 1912.

— La bibliothèque d'un magistrat vitryat en 1774. Vitry-le-François, 1912.

— Quelques mots de Lalande sur J.-J. Rousseau à Mouquin en 1769. Paris, 1912.

Lafontaine (Albert). — Discours prononcé à la 39e fête annuelle des Sauveteurs rouennais. 1894.

Lanson. — Nivelle de la Chaussée et la Comédie larmoyante. Paris, Hachette, 1887.

— Boileau. Paris, Hachette, 1892.

— Bossuet. Paris, Lecène, 1894.

Latour (René). — Pothier criminaliste : Discours de rentrée prononcé à la Cour d'appel d'Orléans. Jacob, 1884.

Leconte (Sébastien-Charles). — Le bouclier d'Arès. Paris, 1897.

— Salamine, Paris, 1897.

— 153 —

Legendre (Ernest). — Anévrismes spontanés de l'aorte ascendante. Le Mans, 1883.

Lemaire (Félix). — Nouveau manuel du capitaliste ou comptes faits en 365 tableaux à tous les taux. Paris, Larose, 1892.

Lescanne (N.). — La situation, études politiques. Paris, 1872.

— Essais philosophiques. Paris. 2 broch.

— Les deux enquêtes : enquête agricole de Paris.

Lesueur (Frédéric). — In memoriam. Mgr Dupanloup, évêque d'Orléans. Paris, 1878.

Loiseleur. — Chaumont-sur-Loire. Orléans, Jacob, 1858.

— Etudes sur Gilles Berthelot, constructeur du château d'Azay-le-Rideau. Tours, Ladevèze, 1860.

— Le château de Chambord. Orléans, Pagnerre, 1861.

— Notice sur les manuscrits inédits de Lavoisier. Orléans, Puget, 1863.

— Essai d'interprétation de l'inscription trouvée à Orléans où figure le mot Cenab.

— Lettres sur les inondations. Orléans, Puget, 1866.

— Mazarin et le duc de Guise. Paris. Dentu, 1866.

— Voltaire au château de Sully (article de revue). Paris, 1866.

— Problèmes historiques : Mazarin, Gabrielle d'Estrées. Paris, Hachette, 1867.

— Compte des dépenses faites par Charles VII pour secourir Orléans pendant le siège de 1428. Orléans, Herluison, 1868.

— Monographie du château de Sully. Orléans, Herluison, 1868.

— L'administration des finances dans les premières années du règne de Charles VII. Paris, Imprimerie impériale, 1869.

— Le château du Hallier. Orléans, Herluison, 1869.

— La légende du chevalier d'Assas. Paris, Victor Palmé, 1872.

— Desfriches, sa vie et ses œuvres. Orléans, Herluison, 1873.

— Ravaillac et ses complices. Paris, Didier et Cie, 1873.

— Les jours égyptiens. Paris, Dumoulin, 1873.

— L'expédition du duc de Guise à Naples. Paris, Didier, 1875.

— Anthologie d'Horace. Orléans, Herluison, 1875, 1877 et 1879.

— La mort du second prince de Condé. Paris, Germer-Baillière, 1876.

10.

Loiseleur. — Les points obscurs de la vie de Molière. Paris, Liseur, 1877.

— Les nouvelles controverses sur la Saint-Barthélemy. Paris, Germer-Baillière.

— Exotiques. Orléans, Puget, 1882.

— Trois énigmes historiques : la Saint-Barthélemy, l'Affaire des poisons et Mme de Montespan, le Masque de fer. Paris, Plon.

— Les larcins de M. Libri à la Bibliothèque publique d'Orléans. Orléans, Herluison, 1884.

— L'Université d'Orléans pendant sa période de décadence. Orléans, Herluison, 1886.

— Molière, nouvelle controverse sur sa vie et sa famille. Orléans, Herluison, 1886.

— Les privilèges de l'Université ès lois d'Orléans à propos d'un document inédit du xve siècle. Orléans, Herluison, 1887.

— La Jeanne d'Arc de Foyatier, drame lyrique. Orléans, Herluison, 1892.

Manceau (E.) — Sur le dosage du tannin dans les vins, 1895.

— Thèse soutenue à la faculté des sciences de Paris, 1896.

Marlet (Léon). — Bussy d'Amboise. Paris, Picard, 1888.

— Florimond Roberté. Paris, 1890.

— Le comte de Montgomery. Paris, Picard, 1890.

— Ephéméride de l'expédition des Allemands en 1587, par Michel de la Huguerie. Paris, Renouard, 1892.

— Clermont-Gallerande. Paris, Picard, 1894.

Martin (Emile). — Catalogue des plantes vasculaires et spontanées des environs de Romorantin. Romorantin, 1875 et 1894.

Martin-Doisy. — La Turquie à l'heure présente. Dentu, 1876.

Masson (Léon). — Rapport du jury international à l'exposition universelle de 1900, à Paris. Paris, Imprimerie nationale, 1903.

Massy (Auguste). — La vie au Lycée : autrefois, à présent. 1890.

Masure. — Echauffement et refroidissement des terres arables.

— Nouvelles recherches sur l'évaporation de l'eau à l'air libre dans l'atmosphère.

— Cours public de chimie organique. La Rochelle, 1858 et 1860.

— Analyse physique des terres arables. Paris, Dupont, 1860.

MASURE. — Mémoire sur l'analyse physique des terres arables, des marnes, phosphates et des engrais minéraux Caen, 1861.

— Le problème agricole. Poitiers, 1863.

— Mémoire sur l'analyse des terres arables de Sologne. Poitiers, 1865.

— Mémoire sur les avantages comparés de la marne et de la chaux employées en agriculture. Orléans, Puget, 1865.

— Rôle et influence de l'enseignement des sciences dans l'éducation morale. Orléans, Puget, 1865.

— Mémoire sur la statistique agricole de la France. Orléans, Puget, 1867.

— Leçons élémentaires d'agriculture. Paris, 1867.

— Notions d'agriculture théorique et pratique, Paris, Blériot, 1869.

— Eléments de chimie appliquée à l'agriculture, à l'économie domestique et à l'industrie. Paris, Blériot, 1870.

— Etudes sur les terrains agricoles de la Sologne. Orléans, Puget, 1870.

— Recherches sur l'évaporation de l'eau et sur la transpiration des plantes. Orléans, Puget, 1880.

— L'horticulture dans le département du Loiret pendant l'hiver 1879-1880. Paris, 1881.

— Observations sur la transpiration des plantes de grande culture.

MAURAIN (Charles). — Thèses pour le grade de docteur ès-sciences physiques. Paris, 1898.

— Le magnétisme du fer.

MÉNARD (Saint-Yves). — Vaccine et vaccination, leçon. Paris.

— Acclimatation des animaux et des plantes, conférence. Paris, 1890.

— Recherches expérimentales de la vaccine chez le veau, 1890.

— Des meilleures conditions d'alimentation des enfants du premier âge en dehors de l'allaitement au sein, rapport. Clermont (Oise), 1892.

— La vaccine animale. Journal de médecine, 1893.

— Eloge de Pierre Charlier, discours. 1908.

MÉNARD (Saint-Yves). — Inauguration de son buste, 1909. (Voir Bezançon, Fernand.)

MOUILLOT (G.) — Etatisme en matière d'assurance (rapport). Juin 1911.

NOUEL (Jean). — Des luxations anciennes du semi-lunaire, thèse. Paris, 1912.

D'OLIER (Henri). — De la coexistence de l'hystérie et de l'épilepsie. Paris, 1881.

— Système de politique positive. Paris, 1882.

OUVRÉ (H.) — Aubéry du Maurier. Paris, 1853.

— Essai sur l'histoire de la Ligue à Poitiers. Poitiers, 1855-1856.

— Notice sur Jean Bouchet, poète et historien poitevin, discours. Poitiers, 1858.

PATAY (Docteur René). -- De la scoliose au point de vue obstétrical. Paris, Steinhel.

PATORNI (F.). — Récits par trois survivants de la mission Flatters. Paris, Challemel, 1884.

— L'émir el Hadj Abd el Kader, texte arabe et traduction. Alger, Fontana, 1890.

— Loi du 15 redjeh 1276 (7 février 1860), sur le recrutement de l'armée tunisienne, traduction. Oran 1894.

PATORNI (N.). — Neuf mois de captivité en Allemagne. Paris, 1888.

PÉCHARD (E.). — Thèse à la Faculté des sciences de Paris (doctorat). Paris, 1890.

PÉGUY. — Cahiers de la quinzaine, 1900.

PÉRON (Albert). -- A propos d'un cas de tuberculose utéro-tubaire (extrait de la revue mensuelle des maladies de l'enfance). 1884.

PESTY (Paul). — Essais poétiques. Tours 1909 (don de Paul Deschesnes.)

PETIT (Eugène). — Notice sur M. Jahan, ancien élève du Lycée d'Orléans, 1894.

PETIT (Docteur Léon). — De la pneumonie massive. Paris, 1881, thèse.

— Le massage par le médecin. Paris, Coccos, 1885.

— Traitement de la phtisie pulmonaire. Paris, 1886 et 1887.

— Tuberculose pulmonaire transmise de l'homme au chien, Paris, 1887.

— Bulletin de la phtisie pulmonaire. Paris, 1887.

PETIT (Docteur Léon) — Le crachat de G. Hunter-Mackensie, traduction. Paris, Doin, 1888.

— L'hystérie pulmonaire. Paris, 1888.

— Compte rendu de l'inauguration de l'hôpital d'Ormesson. 1889.

— Annales de l'œuvre des enfants tuberculeux; bénédiction de l'hôpital d'Ormesson, 17 juillet 1889.

— Les médecins de Molière. Paris, 1890.

— Annales de l'œuvre des enfants tuberculeux, assemblée générale, avril 1894.

— Le phtisique et son traitement hygiénique (ouvrage couronné par l'Académie de médecine). Paris, Alcan, 1895.

PLOIX (Charles). — Vents et courants. Paris, Firmin-Didot, 1863-1874.

— La racine M A. Paris 1871.

— Des origines de la civilisation. Paris, 1872.

— Hermès. Paris, 1873.

— Rapport sur un ouvrage de M. Morgan. Paris.

— Mercurius Mars et la racine Mar. Paris.

— La grande Ourse. Paris; l'Atlantide, revue d'anthropologie. Paris, 1887.

— La nature des dieux, études de mythologie gréco-latine. Paris, Vieweg, 1888.

— Le surnaturel dans les contes populaire. Paris, Leroux, 1891.

— Le mythe de l'Odyssée. London, 1891.

— L'épopée argonautique. Paris, Leroux, 1894.

— La préposition grecque AMΦI. Paris, Imprimerie nationale, 1894.

RABOURDIN (Lucien). — Algérie et Sahara. Paris, 1882.

RATOUIS (P.). — Les Bourniquettes de Saint-Charles. Orléans, 1892.

RENARD DE LA FERRIÈRE (E.). — Saint-Paul, drame historique. Tours, Deslis frères, 1895.

Revue des jeunes. — 1re année, no 1, 1893. Orléans.

RICHARD (Jacques). — Poésie avec étude, par Auguste Dietrich. Paris, Charpentier, 1885.

Richault (Louis). — Virgile, les Bucoliques, traduites en vers. Orléans, Herluison, 1877.

— Odes choisies d'Horace. Orléans, Herluison, 1879.

De la Rocheterie (Maxime). — Les journées des 5 et 6 octobre 1789. Paris, 1873.

— Marie-Antoinette et l'émigration, d'après des documents inédits. Paris, 1875.

— L'église et l'école dans une commune du Loiret, pendant la Révolution. Orléans, Colas, 1875.

— Rapport sur les prix de moralité, 1876.

— Le 16 octobre 1793. Paris, V. Palmé, 1876.

— Marie-Antoinette. Paris, 1877.

— Louis XVII. Paris, 1878.

— Quinze jours en pays phylloxérés. Orléans, Puget, 1878.

— Notice sur M. Baguenault de Vieville. Romorantin, E. Joubert, 1888.

— Histoire de Marie-Antoinette. Paris, Perrin et Cie, 1890.

— Rapport sur le concours d'agriculture en 1892, prix d'honneur. Romorantin, 1892.

— Rapports sur la visite des fermes dans le Loiret de 1877 à 1893. Orléans, 1892.

— Discours prononcés au concours agricoles de 1899 à 1911. Orléans.

Rousselet (Albin). — Revision de la législation relative aux aliénés. Paris, 1891.

— Théophraste Renaudot. Paris, 1892.

— Les secours publics en cas d'accident. Paris, 1892.

— Les ambulances urbaines et les secours publics en cas d'accident. Paris, 1894.

— Les lépreux ambulants de Constantinople. Paris, 1894.

— *Journal bi-mensuel de l'assistance publique*, années 1899 à 1901.

Roussille (Pierre). — Relation d'un voyage agricole dans le Nord, Chartres.

— Discours prononcé au concours de Janville, Eure-et-Loir, 1886.

Salesses (I). — Contribution à l'étude du vagabondage et de la mendicité. Saint-Brieuc, 1905.

— De l'alcoolisme, Saint-Brieuc, 1907.

Sautereau (Edm.). — Bords de la Loire et du Loiret. Paris, Lemerre, 1878.

Simon (Gabriel). — Recherche sur le nom de Comeranum et sur l'attribution de ce nom à Boiscommun. Orléans, Herluison, 1884.

Simon (J.-M.). — Premières idées, poésies. Orléans, 1891.

— Elégies, poésies. Carentan, 1891.

— Pothier, homme privé, tiré du *Républicain Orléanais* 4 décembre 1891.

— Trois sonnets. Carentan, 1891.

— Un jurisconsulte orléanais. Macavel, tiré du *Républicain Orléanais*, 27 mai 1892.

Talbert (Emile). — Les Alpes, études et souvenirs. Paris, Hachette, 1880.

Tartinville. — Théorie des équations et des inéquations du 1er et du 2e degré à un inconnu. 1886.

— Première et deuxième leçons sur les déterminants. Paris, impr. Broville, Morand et Foucard, 1885 et 1886, 2 brochures.

Thiercelin (Docteur). — De l'infection gastro-intestinale chez le nourrisson, thèse de doctorat. Paris, 1894.

Tivier (Henri). — Histoire de la littérature dramatique en France depuis son origine jusqu'au Cid. Paris, Thorin, 1873.

Tixier (Octave). — Influence des pontifes dans le développement de la procédure civile à Rome. Orléans, 1897.

— Essai sur les baillis et sénéchaux royaux. Orléans, 1898.

— Théorie sur la souveraineté aux Etats généraux de 1484. Orléans, 1899.

Touanne (Gaston de la). — Communication téléphonique entre Paris et Reims. 1886.

— Note sur la téléphonie interurbaine. 1887.

— Matériel pour bureaux téléphoniques. 1891.

Touvet-Fanton (Ed.). — Publication de l'odontologie. 1901.

Tranchau (Hippolyte). — Etude sur les représentations théâtrales, les exercices publics et les distributions de prix au Collège d'Orléans au XVIIIᵉ siècle. Herluison, 1887.

— Jean Marrois, professeur de mathématiques à Orléans au XVIIᵉ siècle, et son album amicorum. Herluison, 1888.

— Souvenirs du Collège d'Orléans. Herluison, 1891.

— Le Collège et le Lycée d'Orléans. Herluison, 1893.

— Notice sur Eugène Bimbenet. Orléans, Michau, 1896.

Trumelet-Faber (Le général), ancien chef de bataillon au 55ᵉ d'infanterie. — Indo-Chine Française, 1888-1891, 2 grands albums de photographies.

Tome Iᵉʳ. — Annam : Province de Quang-Nam. — Hué et sa citadelle. — Tombeaux des empereurs.

Tome II. — Tong-King : Hanoï. — Rivière noire. — Frontière chinoise vers Lang-Son.

Vapereau. — Esquisse d'histoire de la littérature française. Hachette, 1882 et 1883.

— Dictionnaire universel des contemporains, 6ᵉ édition. Hachette, 1893.

— Supplément à la 6ᵉ édition. Hachette, 1895.

Vauzelles (Ludovic de). — Discours prononcé à l'audience solennelle de rentrée de la Cour impériale d'Orléans. Orléans, Pagnerre, 1860.

— Alceste, tragédie. Paris, Hachette, 1860.

— Polyxène, tragédie. Paris, Hachette, 1862

— Vie de Jacques, comte de Vintimille. Orléans, Herluison, 1865.

— Marc de Vintimille ou les chevaliers de Rhodes, drame historique. Orléans, Herluison, 1866.

— Anciennes et nouvelles poésies. Paris, Amyot, 1869.

VAUZELLE (Ludovic DE). — Histoire du prieuré de la Magdeleine-lez-Orléans. Orléans, Herluison, 1873.

— Menton, idylles. Orléans, Herluison, 1875.

— Description de la ville de Vintimille et de son territoire. Menton, 1875.

— La trompette du jugement dernier. Paris, J. Baur, 1879.

— Les trois bossus, conte. Lyon, A. Storck, 1883.

— Blanche et rose, conte. Lyon, A. Storck, 1883.

— La belle Provençale, nouvelle. Lyon, A. Storck, 1884.

— L'homme d'or, conte. Lyon, A. Storck, 1884.

— Contes de la villa Coraly. Paris, 1885.

— Œuvres poétiques. Paris, Ollendorf, 1888.

VAZEILLE (Albert). — Complication pulmonaire de la fièvre typhoïde. Paris, 1885.

VEILLARD (Albert). — Les nids d'oiseaux, conférence. 1891.

— Formulaire chimique et thérapeutique pour les maladies des enfants. 1911.

VIGNAT (Eugène). — Les lépreux et les chevaliers de Saint-Lazare de Jérusalem et de Notre-Dame du Mont-Carmel. Herluison, 1884.

VIOLLETTE (Maurice). — Des offres réelles en droit français. Larose, 1896.

VOISIN (Jules). — La question ouvrière ou question sociale. Cognac, 1884.

WATBLED. — Souvenirs de l'armée d'Afrique. 1877.

— La France et les Barbaresques aux XVIe et XVIIe siècles. Paris, Chamerot, 1883.

WEBER (A.). — Autour d'un congrès, flâneries hors séances. Fontainebleau, 1893.

— Par-devant notaire XVIIe et XVIIIe siècles, documents inédits. Paris, Garnier, 1888.

TABLE DES MATIÈRES

NOTICE HISTORIQUE

ANNEXES

ORLÉANS — IMP. AUG. GOUT ET Cⁱᵉ

www.ingramcontent.com/pod-product-compliance
Lightning Source LLC
Chambersburg PA
CBHW051138260626
47170CB00005B/1868